クラスメイトの元アイドルが、
とにかく挙動不審なんです
2
My classmate
SHION SAEGUSA was idol,
but she is unsure of
behavior in front of me.
ill. kr木
GCN文庫

「ごめんね、お待たせ」
三枝紫音

「お待たせしました」
清水桜子

「……夢じゃない、よね？」
「……うん、多分ね」
「……なにそれ」
俺の中途半端な答えに、しーちゃんは泣きながら笑った。

クラスメイトの元アイドルが、とにかく挙動不審なんです。②

著：こりんさん
イラスト：kr木

GCN文庫

元クラスメイトのアイドルが、
とにかく挙動不審なんです

My classmate SHION SAEGUSA was idol, but she is unsure of behavior in front of me.

2

CONTENTS

プロローグ

俺のクラスには、学校一の美少女がいる。

彼女の名前は、三枝紫音《さえぐさしおん》。


国民的アイドルグループ『エンジェルガールズ』に所属していた彼女の名は、学校だけでなく全国的に知られており、そして引退しても尚《なお》その人気は衰えることなく、今もみんなに愛されているスーパーアイドルだ。

その容姿はとても美しく、それだけでなく可愛さまで併せ持つ彼女は、見る人の目を必ずと言って良い程惹《ひ》き付けてしまう魅力に溢《あふ》れている。

そんな彼女がどんな女の子なのかと言えば、いつも明るく、友達想いで、そして誰とでも分け隔て無く接してくれるという、まるで天使のような存在として学校中のみんなから愛されているのであった。

だけど彼女の魅力は、それだけではない。

俺の前でだけは？　何故《なぜ》か挙動不審になることが多く、そんなみんなの知らない一面まで持っていたりするのであった。

時に可愛く、時に面白く、そして時に同い年とは思えないような大人っぽい一面まで見せてくれる、知れば知るほど魅力に溢れる不思議な女の子。

——そして俺は、そんな彼女のことが大好きになってしまったのだ。


そんな想いを自覚してから、今日が初めての登校日。

いつもより早起きしてしまった俺は、家にいても仕方がないため、大分早い時間だけれど登校することにした。

何より、早く彼女に——三枝さんに会いたかったから——。


こうして家を出た俺は、晴れ空の下をゆっくりと歩きながら先週末の出来事を思い出す。

それは、孝之《たかゆき》のバスケの大会を応援に行ったあの時のことだ。

今思い返してみても、あの日は本当に色々あった。

大会では孝之の活躍により、見事シード校相手に勝利をしたのだ。

あの時の孝之は、同性の俺から見ても本当にかっこよくて、いけ好かない渡辺《わたなべ》くんを全く寄せ付けなかったところは本当にスカッとしたことを思い出す。

そして何より、大会の帰りの出来事が一番だろう。

孝之と清水《しみず》さん、二人が手と手を取り合うその姿は誰がどう見ても彼氏彼女のようであった。

あれから、二人に会うのも今日が初となるため、一体二人がどんな風になっているのか今から楽しみになりつつ、俺は朝の澄んだ心地よい空気を吸い込みながら、今日もいつも通り学校へ向かうのであった。

第一章　変化

教室の扉を開けると、俺より先に一人のクラスメイトの姿があった。

一体いつから教室にいるのか分からないが、それは隣の席の三枝さんだった。

三枝さんとは、今では普通にＬｉｍｅをするような仲になっているのだが、それでも自分の想いを自覚してから今日が初めて学校で会う日ということもあり、何だか妙に緊張してしまう自分がいた。

「お、おはようしーちゃん！　今日も早いね！」

「わっ!?　あわわわ！　お、おはようたっくん!!」

俺はなんとか気持ちを落ち着けながら、いつも通りを装いつつ三枝さんに朝の挨拶をする。

すると三枝さんは、読んでいた本に集中していたのか、教室に入ってきたのが俺だとは気付いていなかったようだ。

そして驚いた三枝さんは、気まずそうに引きつった笑みを浮かべながら挨拶を返してくれるのであった。

　そんな、露骨に何かを誤魔化《ごまか》すような反応を見せる三枝さんは、今日も朝から持ち前の挙動不審が全開だった。

　何だろうと思った俺は、以前三枝さんが恋愛マニュアル本を読んでいたことを思い出す。今読んでいた本にはしっかりとブックカバーがされており、それが何の本かは傍からは分からない。

　けれど、さっきの三枝さんのリアクションから察するに、きっと同じような本を読んでいたのだろう。

　そう思った俺は、空気を読んでその反応には触れないでおくことにした。

「そうだ、土曜日はお疲れ様」

「え？　あっ、うん！　楽しかったね！」

「そうだね」

　楽しかったねと、ニッコリと微笑《ほほえ》む三枝さん。

　そんな眩《まぶ》しい笑みを前に、俺も自然と微笑みながら頷《うなず》く。

　こんな風に、改めて微笑む三枝さんを前にすると、あの日川沿いを一緒に手を繋《つな》いで帰ったことをどうしても思い出してしまう。

　あれはあくまで練習なのだと分かっていても、あの時のことは思い出すだけでも胸がドキドキと高鳴り出してしまう。

それはどうやら三枝さんも同じようで、お互いに顔を少し赤くすると、なんだか気まずくなってそっと視線を外してしまう。

「あっ、そ、そうだ！　孝之と清水さんにも、あの日以来会うのは初めてだね！」

「そ、そそそうだね！　楽しみだね！」

慌てて俺が話題を変えると、三枝さんもぎこちない笑みを浮かべながら話を合わせてくれた。

ちなみに孝之と清水さんからは、あれからちゃんと付き合い出したとLｉｍｅで報告を受けている。

俺も三枝さんも、無事付き合うことが出来た二人を祝福すると、気を良くした孝之から二人のツーショット写真がグループLｉｍｅへ送られてきたのだ。

その写真に写る孝之と清水さんの姿は、何て言うかとにかく本当に幸せそうだった。

だから俺は、その写真をほっこりとした気持ちで暫《しばら》く眺めると、せっかくだからとその幸せな画像を保存しておいた。

二人のツーショットを見れば見る程、改めて二人とも美男美女だよなぁと、そんなお似合い過ぎる二人のことがちょっと羨《うらや》ましくもあった。

あーあ、俺も早く彼女作りたいけど……好きな相手があの三枝さんだなんて、やっぱり高望みし過ぎなのではないだろうかと、油断するとすぐに止《や》めたはずのネガティブな考えが湧《わ》き出してきてしまう。

だが、そんなことを思っていると、続けて三枝さんからもグループＬｉｍｅへ画像が送られてくる。

なんだろう？　と思いつつ、俺はその画像を開いた。

するとそれは、あの日孝之と清水さんを見送ったあと、二人で一緒に川沿いを歩いていた時にいきなり撮られた、俺と三枝さん二人のツーショット写真だった。

そして三枝さんは、ドヤ顔をしたしおりんスタンプも併せて送ってくるのであった。

それはまるで、三枝さんがラブラブな二人に対抗しているかのように思えて、そのために俺とのツーショット写真を使ってくれたことが、少し恥ずかしいのと同時にちょっと……いや、かなり嬉《うれ》しかった。

そんな、三枝さんからまさかのツーショット写真を送られてきたことに対して、孝之から『なんだか、二人も付き合ってるみたいだな』なんて返事が送られてくると、清水さんも『たしかに』と続く。

そして清水さんから、ニヤリと笑うしおりんスタンプが送られてくると、それに続いて孝之からは頷くしおりんスタンプが送られてくるのであった。

――そう、実は今、俺達の間ではしおりんスタンプが絶賛流行中なのである。

二人からそんなリアクションをされたことに対して、俺は恥ずかしさと嬉しさで胸がいっぱいだった。

だから俺は、孝之達みたいに反応することも出来ず、とりあえず三枝さんから送られてきたそのツーショット写真を三回保存しておいたのであった――。


そんな昨日のことを思い出しつつ、俺は暫く三枝さんとの会話を楽しんだ。

気が付くと教室内にはクラスメイト達の姿も増えてきており、そして先程話題にしていた孝之も教室へとやってくる。

一見すればいつも通りの孝之なのだが、その隣には清水さんがピッタリとくっつくように並んでいた。

その光景に、教室内の視線が一斉に二人の方へと向けられる。

別に並んでいるだけなら、それ程注目もされなかっただろう。

じゃあ何故それ程までに注目されているのかというと、それは二人が手と手を繋ぎ合っているからに他ならない。

手を繋ぎ合っていることで、二人はもう付き合っているのだと察したクラスメイト達は、男子も女子もみんな一斉に驚いていた。

クラスでも人気の高い二人だから、こうなるのも仕方ないだろう。

しかし孝之も清水さんも、そんな周りの様子なんて気にする素振りも見せず、俺達のもとへと一緒にやってくる。

「二人とも、おはよう！」

「おはよう、紫音ちゃん、一条《いちじょう》くん」

「うん、おはよう」

「おはよう。二人とも、今日は朝から注目の的だな」

「まぁな、桜子《さくらこ》を取っちまったんだから仕方ないな。ま、そのうち落ち着くだろ」

「わたしが孝《たか》くんを取っちゃったからの間違いじゃなくて？」

そう言って笑い合う二人は、何て言うかもうすっかり彼氏彼女って感じで、とにかく幸せそうだった。

そして俺は、二人とも互いの呼び方が変わっていることに気が付く。

これまでの苗字呼びではなく、お互い下の名前で呼び合う関係になっているのだ。

そんな風に、明らかに距離が近づいている関係が、今の俺には羨ましく思えてきてしまう――。

もし……もし俺も、三枝さんと付き合うことが出来たなら……と考えてみたところで、俺はあることに気付いてしまう。

そう、俺達は既に、しーちゃんたっくんと呼び合っているということに――。

――あれれ？　おっかしいなぁ？

あだ名呼びの方が、むしろ距離が近いのではないかというまさかの事実に、俺は思わず笑いが込み上げてきてしまう。

そんなことを考えながら隣の席へ目を向けてみると、そこには清水さんと手を取り合いながら、無事二人が付き合えたことをおめでとうと祝福している三枝さんの姿があった。

「……尊いな」

「……あぁ、尊い」

そんな、手を取り合いながら微笑み合う二人の美少女の姿に、俺も孝之も仲良く朝から成仏《じょうぶつ》させられてしまうのであった。

昼休み。

俺と孝之、そして三枝さんと清水さんという、最早《もはや》お馴染《なじ》みになっている仲良し四人組で、今日も一緒に弁当を食べることとなった。

いつも通り俺は自分の弁当を取り出すのだが、何故か孝之は自分の弁当を取り出す素振りも見せず、少し気恥ずかしそうにしているのであった。

すると清水さんが、いつもより少し大きめの弁当箱を取り出したかと思うと、なんとそれを孝之に「はい、どうぞ」と同じく気恥ずかしそうに手渡したのである。

もちろん孝之は、その差し出されたお弁当を嬉しそうに受け取る――。

その結果、そんな二人のやり取りに教室内は今朝に続いて騒《ざわ》めき出す。

それは俺も同じで、彼女が弁当を作ってきてくれるとか漫画やアニメの世界でだけだと思っていただけに、たった今自分の目の前に広がった光景にとても驚かされてしまう。

「孝之、お、お前それ……」

「ん？　おう、桜子の手作り弁当だ。いいだろ？」

驚きながら俺が尋《たず》ねると、孝之は笑いながら清水さんに貰《もら》った弁当を早速自慢してくるのであった。

そんな孝之の様子に、まだ少し気恥ずかしそうにしながらも嬉しそうに微笑む清水さん。

――なにこれ？　これなんてラブコメですか!?

微笑み合う二人の顔を交互に見ながら、現在進行形で繰り広げられる二人のラブコメに胸を高鳴らせずにはいられなかった。

すると清水さんは、今度は顔を赤くしながらも、自分のお弁当の中から唐揚げを一つ箸で摘《つま》む。

そしてなんと、それを孝之に向かって「は、はい、孝くんアーン」と差し出したのである。

清水さんって、こんな大胆な女の子でしたっけ!? と、俺はそのあまりにラブコメすぎる光景に困惑する。

当然、さすがにそれは孝之としても想定外だったのだろう。

孝之は顔を真っ赤にしながら「お、おう」と小さく返事をすると、そのまま清水さんの差し出すその唐揚げをパクリと一口で食べた。

その結果、そんな光景を見せられた教室内からは「おぉぉ……」という、思わず漏れてしまったような男子達の落胆の声が聞こえてきた。

中学時代、『孤高《ここう》のお姫様』なんて異名《いみょう》まで付けられていた清水さんからの「アーン」なのだ。

密かに彼女へ想いを寄せていた男子達の受けた衝撃は計り知れないだろう……。

「ど、どうかな?」

「うん、うまい! ——よし、じゃあお返しに、ほら!」

頬《ほお》を赤らめながら、恥ずかしそうに上目遣いで聞いてくる清水さんに対して、嬉しそうに微笑みながら返事をする孝之。

そしてもう吹っ切れたのか、はたまた嬉しさが勝《まさ》ったのか、今度は孝之が箸で弁当の中

から同じく唐揚げを一つ摘むと、それを清水さんに向かって差し出したのである。

そんなまさかの孝之からのカウンターに、清水さんはあわあわと慌てふためく。

「あ、あああの！」

「いいから、ほら、アーンって口開けて」

「……う、うん、じゃあ……ア、アーン」

顔を真っ赤にしながらも、言われた通りその小さくて可愛らしい口をアーンと開ける清水さん。

その姿は、はっきり言って俺から見てもめちゃくちゃ可愛かった。

そしてその口の中へと、孝之はそっと唐揚げを入れてあげる。

その結果、そんな光景を見せられた教室内からは「あぁ……」という、思わず漏れてしまったような女子達の落胆の声が聞こえてきた。

いつも明るくて、笑顔の眩しい爽やか体育会系イケメンの孝之による、夢のアーンなのだ。

密かに孝之に想いを寄せていた女子達の受けた衝撃は計り知れないだろう……。

「作って貰った俺が言うのもなんだが、どうだ？」

「……おいひぃです」

恥ずかしそうに笑いながら尋ねる孝之に、モグモグしながらも清水さんは嬉しそうに答える。

そんな二人のアーン合戦を目の前で見せられた俺は、微笑ましい気持ちにさせられるのと同時に、同じぐらい羨ましさも湧き上がってきてしまう。

いいなぁ……俺も三枝さんにアーンとかして貰えたらなぁ……なんて思ってみたところで、俺はあることを思い出す。

それは、遠足で三枝さんからミートボールを分けて貰った時のことだ。

アーンこそして貰えてはいないけれど、俺もあの時三枝さんの弁当を分けて貰ったんだよなと、今更だが実感が湧いてくるのであった。

そんなことを思い出しながら、俺は隣に座る三枝さんの様子をそっと窺《うかが》う。

すると三枝さんは、目の前でイチャイチャする二人のことを嬉しそうに微笑みながら見守っていた。

そして、何を思ったのか自分の弁当の中からミートボールを一つ箸で摘むと、頬を少し赤らめながら、何故か俺の方を横目でチラチラと見てくる。

ま、まさかそれって……!?　と思いながら、俺はそんな三枝さんの様子にドキドキさせられてしまう。

しかし俺と三枝さんは、孝之達と違って付き合っているわけではないのだ。

だから仮に、こんな教室で三枝さんからアーンなんてされた日には、きっとさっきの騒ぎどころではなくなってしまうだろう。

そんなことを考えつつ、俺は色んな意味で三枝さんにドキドキさせられてしまっていると、三枝さんはしゅんと落ち込むような顔をする。

そして、諦めるように一度タメ息をついた後、そのミートボールを自分の口の中へ放り込むのであった。

……まぁそうだよねと、俺は勝手に一人ほっとするのと同時に、ちょっとがっかりしてしまっている自分もいるのであった。

しかし、その時だった――。

三枝さんは、突然何か閃《ひらめ》いたように手を合わせると、パァッと明るい笑みを浮かべる。

そして、何を思ったのかそのまま箸を置くと、慌てて自分の鞄《かばん》からスマホを取り出すのであった。

そんな風にいきなりスマホを取り出してどうしたんだろうと、俺はそんな三枝さんの様子をそっと窺う。

すると三枝さんは、スマホに何かを一生懸命入力したかと思うと、バッとすぐにスマホを机の上に置き、少し顔を赤くしながら緊張した様子で前を向いて固まってしまうのであった。

一体何事だ？　なんて思っていると、俺のスマホのバイブが鳴る。

三枝さんの様子が気になりつつも、俺はこんな時間に届いた通知を確認すべくスマホをタップする。

するとそれは、まさかの三枝さんから送られてきたＬｉｍｅの通知だった。


『今日の放課後、時間ありますか？』


さっき一生懸命入力していたのは、どうやらこのＬｉｍｅだったようだ。

時間ありますかって何だろうと思いつつ、俺は隣の三枝さんに視線を移す。

するとそこには、前を向きながらもこちらの様子をチラチラと横目で窺っている三枝さんの姿があった。

隣の席だというのに、こうしてわざわざＬｉｍｅで送ってきたということは、きっと周りに聞かれたくない話なのだろう。

だから俺は、すぐに『大丈夫だよ』と返事を送信すると、三枝さんに伝わるように分かりやすくスマホを机の上に置いた。

そんな俺の様子を横目で見ていた三枝さんは、ちょっと恥ずかしそうにしながらもすぐに自分のスマホを確認すると、途端にパァッと嬉しそうに微笑む。

そしてそのまま、身体《からだ》ごとこっちを振り向くと――、

「ありがとう！　行ってみたいところがあるの！」


と嬉しそうに、直接話しかけてくるのであった。

こうして喜んでくれたことは、俺としても嬉しかった。

けれど、せっかく目立たないようにＬｉｍｅでやり取りしていたはずなのに、そのことをすっかり忘れてしまっている三枝さんは、何て言うか今日もポンコツ可愛いかった。

突然の三枝さんの言葉に、孝之と清水さんは一体何事かとこちらを見てくる。

そんな風に、付き合っている二人を逆に驚かせていることが、何だかちょっとだけ嬉しくなっている自分がいた。

「分かったよ。じゃあ、そこ行こうか」

「うん！　楽しみだなぁ！」

だから俺は、三枝さんへ向かってそう笑って返事をする。

すると三枝さんは、両手を合わせながら本当に嬉しそうに微笑んでくれるのであった。

無邪気に微笑むその姿は、今日も天使のように、どこまでも可愛かった——。

第二章　パンケーキ

放課後。

俺は三枝さんと二人で、駅前へ向かって歩いている。

何故二人なのかと言えば、孝之達バスケ部はインターハイ予選を無事に勝ち進んでいることから、今日も部活が入っているそうだ。

だから彼女の清水さんは、そんな頑張る孝之を応援して行くとのことなので、二人とは教室でバイバイしてきたのである。

そのため、今日の放課後は俺と三枝さんの二人きりで、これから三枝さんの行きたいお店へと向かうことになった。

しかし、俺と三枝さんが二人きりで校内を歩いていると、いつも以上に周囲からの視線を感じるのは、きっと気のせいではないだろう。

俺達が互いにあだ名で呼び合っていることは、既に学校中に知れ渡っている。

だからこそ、こんなにも周囲からの視線を浴びてしまっているわけで、これは他ならぬ嫉妬や羨望《せんぼう》の眼差しだろう。

俺の隣には、みんな憧れのスーパーアイドルしおりんがいるのだ。

だからこうなってしまうのは、最早当たり前だとも言える。

しかし隣を歩く三枝さんはというと、やっぱり周囲のことなんて気にする素振りも見せず、ただこれから向かうお店が楽しみな様子。

それはもう楽しそうに満面の笑みを浮かべながら、弾むような足取りで隣を歩いている。

そんなすっかりご機嫌な三枝さんの姿は、更に周囲からの視線を引き寄せてしまっているわけだけれど、これもまた仕方のないことなのであった――。


駅前から少し離れた所にある、一軒のカフェの前へとやってきた。

一見するとただの民家のようで、知らなければここがカフェだとは分からないような穴場感満載の外観をしたお店だった。

「こ、ここ？　良く知ってたね」

「うん、この間雑誌で調べたんだ」

自分じゃ絶対に辿り着かないであろうお店に、若干尻込みしてしまう自分がいた。

しかし三枝さんは、ニッコリと微笑みながら躊躇《ちゅうちょ》することなくお店の扉に手をかける。

――雑誌で調べた……か。

おそらく以前コンビニで、注文したもの全てがカフェ関連というカフェデッキを披露してくれた時にでも調べたんだろうなと、俺は挙動不審マシマシだったあの日の三枝さんのことを思い出して思わず笑えてきてしまう。

――脳内カフェ一色。

あの日の三枝さんは、中々に手強《てごわ》かったな。


お店の扉を開けるとそこは、まるで異空間だった。

店内は少し入り組んだ構造になっていて、どうやら全席個室になっているみたいだ。

そんな迷路のような店内を、店員さんに二人用の個室席へと案内される。

そこには、アンティーク調の赤いソファーが二つ向かい合う形で置かれており、その真ん中には焦げ茶色の、これまたアンティーク調の小さめのテーブルが置かれていた。

何て言うか、とにかく内装がお洒落《しゃれ》で、見るからに女の子が好きそうな空間だった。

「わぁ、雰囲気いいね」

「そ、そうだね」

俺達は互いに向かい合う形でソファーへ腰掛けると、そのまま一緒にテーブルの上に置かれたメニュー表に目を通す。

しかし、こうして個室で三枝さんと向かい合って座ってみると、未だにどうしてもドキドキしてしまう自分がいた。

密室に入ったからか、三枝さんの揺れる髪からは甘い良い香りが漂ってきて、それだけで俺のドキドキは加速していく。

「あ、わたしこのチョコレートパンケーキがいいかも」

「ん？　あぁ、美味《おい》しそうだね。じゃあ、俺もそれにしようかな」

正直まともに食べたいものを選んでいる余裕のなかった俺は、とりあえず三枝さんと同じものを頼むことにした。

しかし、俺が便乗したことが気に食わなかったのだろうか、少しだけ不満そうな、何とも言えない顔をする三枝さん。

そんな三枝さんの予期せぬ反応に、今度は焦りによるドキドキが加速してしまう。

「じゃあ、もう注文していいかな？」

「……う、うん」

それでも三枝さんは、そう言うと何事もなかったかのように、注文をするため店員さんを呼ぶ。

そんなコロコロと変わる三枝さんの様子に、俺は困惑しつつも従うしかなかった。

「たっくんは、このチョコレートパンケーキでいいんだよね？」

「う、うん。同じので良ければ……」

「じゃあ、店員さん！　このチョコレートパンケーキ一つと――よし、こっちのココナッツパンケーキを一つ下さい！」

そう言って三枝さんは、早々に注文を終わらせてしまう。

しかし俺は、てっきりチョコレートパンケーキを二つ注文するものだとばかり思っていたから、何故三枝さんが急に注文を変えたのか少し気になってしまう。


――俺と一緒のものを食べたくなかった、とか？


いやいや、そんな相手とそもそも一緒にこんな所へは来ないだろう。

そんな引っかかりを抱きつつ、それからはまた普通に三枝さんと会話をしながら待っているとパンケーキが二つ届けられる。

そのパンケーキを前に、三枝さんはもうすっかりご機嫌な様子で、前にパンケーキを食べた時と同じように、ワァーっとその目をキラキラと輝かせながら喜んでいた。

「あっ、写真写真！」

そう言って、嬉しそうにパンケーキの写真を撮ろうとする三枝さん。

その姿に、俺はあの時のことを思い出す。

「……もしかして、そうやってまた隠し撮りする気だったり？」

そう、前回一緒にパンケーキを食べた時は、三枝さんはこうしてパンケーキを撮るついでに俺のことを隠し撮りしてきたのだ。

だから俺は、別に撮られても構わないのだけれど、冗談混じりにつっこんでみた。

すると三枝さんは、笑いながら「もうしないよー」と答えたかと思うと、そのまま手にしたスマホを俺の顔へ向けてくる。

「直接撮るから♪」

そう言って直接俺の顔にカメラを向けると、カシャッと一枚撮影してきたのであった。

そうして急に写真を撮られた俺はというと、そんな不意打ちに困惑して多分変な顔になってしまったのだろう。

それが面白かったのか、悪戯《いたずら》が成功したことに三枝さんはすっかりご機嫌な様子で、楽しそうにコロコロと笑っていた。

そんな楽しそうに笑う三枝さんの姿はやっぱり可愛くて、俺の写真なんかでそんな笑顔を間近で見られるなら安いものだった。

「じゃあ、食べよっか」

「うん！　いただきまーす！」

手を合わせていただきますをした三枝さんは、それから早速パンケーキを切り取って口へ運ぶ。

そして、頬っぺたに空いた方の手を当てながら、「んんー！」と美味しそうな表情を浮かべる。

その表情は本当に幸せいっぱいといった感じで、もしまだ三枝さんが芸能活動を続けていたなら、絶対に食レポの仕事をすべきだろうと思える程とても絵になっていた。

見ているこっちまで幸せな気持ちにさせられつつ、俺も一口食べてみる。

すると、口の中に丁度良いチョコレートの甘味と苦味が広がり、前の店とはまた違う味わい深さがあった。

上に乗った大量の生クリームも甘さ控えめでくどくなく、これならペロリと食べられそうだ。

「たっくん、美味しい？」

「うん、美味しいよ」

パンケーキを食べる俺を見つめながら、何故か三枝さんはちょっと緊張したような面持《おもも》ちで味の感想を聞いてくる。

きっと、元々食べようとしていたこっちの味も気になるのだろう。

気を使ってメニューを変えてくれたのだろうなと、やっぱりちょっと悪いことしたかなと思いながら、味については素直に美味しいと答えた。

「そ、そっかー、こ、こっちも美味しいよー」

するとニ枝さんは、別にメニューを変えたことはもう気にしていない様子だった。

ただその代わりに、何故か頰を赤らめながら自分のパンケーキも美味しいと答えてくれるのであった。

そのうえ、喋《しゃべ》り方も若干ぎこちなく、そんな急な挙動不審の理由が分からないでいると、三枝さんはお皿の上のパンケーキを少し震える手つきで丁度一口サイズに切り分けた。

そして三枝さんは、その切り分けたパンケーキをフォークに刺すと――。


「は、はい！　た、たっくん！　ア、アアア、アーン!!」


なんと三枝さんは、そのフォークに刺したパンケーキをそのまま俺に差し出してきたのであった。

本人も恥ずかしいのだろう、その顔は文字通り真っ赤だった。

言葉もカミカミで、明らかに無理をしている三枝さん。

そして俺は俺で、そんな三枝さんを前にどうしていいのか分からず、たじたじになってしまう。

しかし、そうこうしているとフォークに刺したパンケーキが落ちそうになってしまう。

もしここで、そのままパンケーキが下に落ちてしまっては、それこそ最悪なことになると思った俺は、もうなるようになれと覚悟を決めると、差し出されたパンケーキを慌ててパクリと一口で食べた。

その覚悟のパンケーキの味は、ふんわりと柔らかく、そしてココナッツの風味が香る優しい甘味が口の中に広がり美味しかった——。

そんなパンケーキをもぐもぐと味わいながら、俺は改めて今の状況を頭の中で整理する。

何故かいきなり、アーンと言いながら自分のパンケーキを差し出してきた三枝さん。

その顔は真っ赤に染まっており、見るからに恥ずかしそうにしているだけに、何故いきなりそんな行動に出たのかが分からなかった。

そして俺は俺で、三枝さんのフォークでパンケーキを食べてしまったということに、覚悟を決めていたにもかかわらず恥ずかしさがMAXに達してしまう——。

「ねっ？　お、おおお美味しいでしょ!?」

「そ、そそそうだね！　お、美味しかったよ！　そっちにしたら良かったかなーなんて！ハハ！」

お互い顔を向き合わせながら、恥ずかしさを紛らわすように笑い合う。

しかし心臓は、三枝さんとの間接キスにバクンバクンと鼓動が鳴り止まない。

相手は学校でも一番の美少女で、そのうえ元国民的アイドルなのだ。

そして何より、俺が想いを寄せるたった一人の特別な相手との間接キス――。

こんなまさかの状況に、ドキドキせずになんていられるはずもなかった。

「た、たっくん……」

「ど、どうした？」

すると今度は、恥ずかしそうに声をかけてくる三枝さん。

「たっくんの方のも、その……た、食べてみたいなぁって……」

「へっ？」

その言葉に、俺は思わず変な声を出してしまう――。

それはつまり、今三枝さんが俺にしてくれたことを、今度は俺からもするということだろうか……？

「れ、練習なの！」

「え？」

「ア、アーンの……練習だから!!」

さっき以上に顔を真っ赤にしながら、これは練習なのだと言い張る三枝さん。
つまりは、これはこの前の手繋ぎに続いて、恋人の練習という意味なのだろう。
思えば、今日ここへ来ることになったのは、昼休みに孝之と清水さん二人のやり取りを見ていた時だったことを思い出す。
だから、もしかしたら三枝さんは、最初から自分もアーンをし合うことが目的だったのかもしれない——。

——うん、もう細かい話はいいかな。

そこまで考えたところで、俺は考えるのをやめた。
ここまで女の子にさせておいて、ここで断ったりはぐらかしたりすることなんて出来るはずがないからだ。

——それに、許されるなら俺だってしたい。

そう俺は覚悟を決めると、パンケーキを丁度食べやすいサイズに切り分けると、それをフォークに刺して三枝さんに向かって差し出した。

「じゃ、じゃぁ、しーちゃん……ア、アーン」

「アーン」


三枝さんの、そのぷっくりとした麗《うるわ》しい唇がそっと開かれる。

だから俺は、ドキドキして手を若干プルプルと震わせながらも、昼休みの孝之達と同じように、その小さくて可愛らしい口の中へとパンケーキを運んだ。

「ど、どう？」

「……うん、美味ひぃね」

モグモグとパンケーキを味わいながら、三枝さんは満足そうに微笑む。

そんな満足そうな姿を見ていたら、先ほどまでの恥ずかしさよりも幸せな気持ちの方が勝ってきて、俺も自然と笑みが零《こぼ》れてしまう。

あぁ、やっぱり大好きだなぁと溢れる想いを胸に抱きつつ、それから俺達はゆっくりと二人きりの時間を楽しんだのであった。


カフェを出ると、外は既に日が落ちてしまっていた。

もうすっかり暗いことだし、今は三枝さんを駅まで送るべく一緒に歩いている。

夜道を一緒に歩きながら、さっきのカフェの感想や学校のことなど、他愛《たわい》のない会話をしているだけでも幸せだった。

笑ったり、恥ずかしそうに頬を赤らめたり、フグみたいにぷっくりと膨《ふく》れてみたり、それから時折り挙動不審になったり……そんな、色んな表情を見せてくれる三枝さんが傍にいてくれるだけで、なんでもない日々も彩りを持ち、毎日が楽しくなる。

そして何より、こうして俺と一緒にいる時間を三枝さんも楽しそうに過ごしてくれていることが、とにかく嬉しかった。

◇

「あれ？　もしかして一条くん？」

駅も近くなってきた時のことだった。突然道ですれ違った相手から声をかけられる。

しかもそれは、まさかの女性の声だった。

自分で言うのもなんだが、これまでの人生において異性との関わりなんてほとんどなかった俺は、当然こんな風に声をかけられる心当たりがあるはずもなく、驚いて声のする方を振り向く。

するとそこには、同じ中学だった女子がいた。

同じ制服を着た二人の友達を連れており、こちらへ向かってヒラヒラと手を振ってきている。

彼女の名前は、愛野香織《あいのかおり》。

中学時代の彼女は、所謂《いわゆる》クラスのカーストの頂点にいたような女の子だった。

男女どちらからも人望が厚く、誰からも好かれるような女の子だったから俺でもよく覚えている。

茶色のロングヘアーをポニーテールにまとめており、猫のような少し吊り上がった大きな瞳が特徴的な、キレイだけど愛嬌《あいきょう》も併せ持つ、誰が見ても美人と称するだろう女の子。

それが愛野さんだった。

そんな愛野さんは、制服の白シャツのボタンを胸元まで開け、そして紺のスカートもかなり短くしており、中学の頃以上にギャルっぽい印象を受ける。

他の友達二人も、面識はないのだが愛野さんに負けず劣らずの美人さんで、そして愛野さん同様にギャルだった。

そんな、うちの高校にはいないタイプの彼女達に突然話しかけられてしまった俺は、あまりの不意打ちにこの場をどうしたらいいのか分からなくなってしまう。

別に、愛野さんに他意がないことは分かっている。

歩いていたらたまたま中学の同級生がいたから、ちょっと声をかけてみただけのことだろう。

それでも今、俺の隣には三枝さんがいるのだ。

当然三枝さんは愛野さんのことは知らないし、変な誤解とかを与えたくはない。

しかし俺は、女の子を連れている状況で、他の女の子と会った時の上手《うま》い対処法なんて持ち合わせてはいなかった。

隣に目を向けると、眼鏡《めがね》で一応変装はしている三枝さんが、目を細めながら黙ってこちらに視線を向けてきていた。

「やっぱ一条くんだよね？　やっほー！　久しぶりだねー！」

「あ、あー、うん、久しぶり」

「ん？　なになに？　あ、もしかして今彼女とデート中だったりした？」

ニヤニヤと笑いながら、早速いじってくる愛野さん。

彼女は中学時代から、こんな感じの人だった。

きっと場の空気を読む力があるのだろう。

即座に状況を理解し、こんな風に打ち解けやすい空気を作ってくれるのだ。

しかしそんな人懐っこさも、今の俺にとってはプレッシャー以外の何物でもなかった。

「なになに？　彼、デート中だったんじゃないのー？　ダメだよ邪魔しちゃー」

「あーでも、よく見るとイケメンじゃん？　香織イケメン好きだからなぁー」

すると愛野さんの友達も、面白そうに話に加わってくる。

類は友を呼ぶとはよく言うが、この時ばかりはなるほどなと思ってしまう。

「まぁ？　イケメンは好きだし、ぶっちゃけ一条くんは、中学の頃から実は結構タイプだった的な？」

いじってくる友達に対して、愛野さんは小悪魔っぽい笑みを浮かべながら、からかうようにそんなことまで言い出す。

これも当然、彼女なりの冗談なことは分かっている。

しかしそれでも、三枝さんがいるこの状況で、そういう冗談は本当に勘弁して頂きたかった。

「で？　そっちの子は彼女なの？」

「い、いや……」

すぐに答えようとして、俺は言葉に詰まってしまう――。

何故なら、三枝さんは彼女ではないから。

本人の目の前で、勝手に彼女だと嘘を吐《つ》くわけにもいかないし、ただの友達だと答えればこのやり取りが長引くような気がして、それはそれで三枝さんを困らせてしまうかもしれないから……。

「え？　彼女じゃないの？　だったら、一条くん今度うちらとも遊ぼうよ！　てかＬｉｍ

e交換しよっ！」

「ちょいちょい！　だったらうちらにもLｉｍｅ教えてよー！　うちの学校、チャラい感じのばっかりで、こういう誠実そうな男子ってぶっちゃけいいよねー！」

「あはは、分かるー！」

するとは彼女達は、俺がはっきりと答えなかったのを良いことに、更にグイグイと迫ってくる。

だが、さすがにもうこれ以上は駄目だと思った俺が、何でもいいからこの場から離れようとしたその時だった――。

「ねぇ、たっくん？　その子達は、お知り合い？」

俺が口を開くより先に、そう言ってすっと俺の隣に立つ三枝さん。

変装用の眼鏡は既に外しており、露《あら》わとなったその姿はもちろん、みんなが知っているトップアイドルしおりんの姿だった。

ニッコリとアイドルスマイルを浮かべているものの、どこか心は笑っていないように感じられるのは、きっと気のせいじゃないだろう……。

「初めまして、たっくんのお友達の、三枝です」

突然現れた元トップアイドルの自己紹介に、呆然とする愛野さん達。

当然愛野さん達は、まさか俺の隣にいたのがエンジェルガールズのしおりんだなんて思いもしなかったのだろう。

突然現れた超が付く程の有名人を前に、三人とも驚いて固まってしまっていた。

「う、嘘……本当に、しおりん……!?」

「はい、そうですよ。今はただの高校生で、それから、たっくんのクラスメイトなんですけどね」

何とか口を開いた愛野さんに、ニッコリと返事をする三枝さん。

「え、てか何？　たっくんって……」

「卓也《たくや》くんだから、たっくんですよ？　ね、たっくん？」

そう言うと三枝さんは、俺の方を向いてニッコリと微笑みかけてくる。

その笑顔の奥にあるメッセージを汲《く》み取った俺は、その言葉に頷きながら返事をする。

「そ、そうだね、しーちゃん」

俺は三枝さんのことを、敢《あ》えてしーちゃんと呼んだ。

ここはそう呼べと、三枝さんの顔に書いてあったからだ。

その結果、俺が三枝さんのことを『しーちゃん』と呼んだことに対して、三人は更に驚きを増していた。

「あのさ、や、やっぱり二人って……」

「さぁ、どうでしょうね？　それで、たっくんに何か用があったんですよね？」

「え？　い、いや……うちらはもういいよ、ねぇ？」

そう言って確認する愛野さんの言葉に、他の二人も黙ってコクコクと頷いて応える。

「そうですか？　それじゃあ、わたし達は帰宅の途中だったので、これで失礼させて頂きますね」

そう言うと、三人の元から離れるように俺の腕を引いて歩き出す三枝さん。

そんな三枝さんに対して、三人はもう何も言ってくることはなかった。

こうして俺は、自分で何とかすべきところ、情けなくも三枝さんに助けられてしまったのであった――。


それから暫く歩いたところで、三枝さんは掴《つか》んでいた俺の腕をようやく離すと、くるりとこちらを振り向いた。

その表情はプクッと膨れてしまっており、誰がどう見ても不機嫌な様子が窺えた。

「たっくん！」

「は、はいっ!!」

訴えかけるように名前を呼ばれた俺は、慌てて返事をする。

これからきっと、さっきのことに対する文句を言われるのだろう。

しかしさっきの出来事は、すぐにハッキリと答えられなかった俺が全て悪い。

だからここは、真摯《しんし》に説教なりなんなり受けるしかないと覚悟を決めた。

「たしかにわたし達は、その、つ、つつつ、付き合っているわけじゃないけど！　それでも今日は、わたしとたっくんで遊んでいるわけであって！」

「はい！」

「その、他の子とは、別にお話ししてもいいけど！　でも！」

「はい！」

「あ、ああ、あの子達とは、ああ、遊びに行くの!?」

「い、行きません！」

顔を真っ赤にしながら、必死な様子で言葉を紡ぐ三枝さん。

そんな三枝さんの言葉一つ一つに、俺は反省の意を示すべくしっかりと返事をする。

「じゃ、じゃあ！　わ、わたしが言える立場じゃないけど、その！」

そして三枝さんは、一度大きく深呼吸をすると、真っすぐに俺のことを見つめながら言葉を続ける。

「……あ、あの子達と遊びに行くぐらいなら、その……わたしともっと、遊んで下さい……」

それは、三枝さんからのお願いだった。

恥ずかしそうに頬を赤らめながらも、訴えかけてくるようなその表情は、これまで見せたどの表情とも異なっていた。

そんな風に直接言葉にしてくれたことが申し訳なくて、でも嬉しくて、そしてとても愛《いと》おしく思えてきてしまう――。

だから俺は、そんな三枝さんと真っすぐに向き合いながら、今度こそしっかりと自分の気持ちを言葉にする。

「……うん、誘うよ。俺も、もっとしーちゃんと一緒に、遊んだりしたいです……」

三枝さんのおかげで、やっと言葉に出来た自分の気持ち。

俺は三枝さんと、今みたいにもっともっと一緒にいたい。

そんな俺からの思いを聞いた三枝さんは、頬を赤らめながらじっとこちらを見つめてくる。

しかしその表情は先程までとは違い、どこか嬉しそうで安心するような笑みを浮かべていた。

「あ、ありがとう……」

「こ、こちらこそ……」

そしてお互いにお礼を言い合うと、なんだか急に可笑《おか》しくなってきてしまい、俺達は自然とそのまま笑い合った。

そしてまた、俺達は駅に向かって歩き出す。

駅に着くまで、お互いこれから一緒にやりたいこととかを沢山話し合った。

そんな風に、並んで駅まで歩いた時間は、店を出た時以上に二人の距離感が縮まっているように感じられたのであった。

もうすぐ夏休み――。

高校生になった俺は、きっとこれから楽しい夏が待っているという期待に、今からワクワクせずにはいられなかった――。

◇

帰宅した俺は、自分の部屋のベッドに大の字に寝転ぶ。

今日は本当に濃い一日だったよなと、疲れた身体をベッドに預けながら今日起きた出来事を一つ一つ思い出す。

学校では、孝之と清水さんがとにかくラブラブだったこと。

それからそんな二人に触発されたのか、三枝さんとカフェでアーンをし合ったこと。

そしてその帰りに、偶然愛野さん達と会った時のこと――。

本当に色々あったよなと振り返りつつ、俺はその中で見せる三枝さんの表情を一つ一つ思い返す。

今日一日で、三枝さんとの距離もぐっと縮まったような気がする。

そんな充足感を感じつつ、俺は壁に貼られた一枚のポスターへと目を向ける。

それは、バイト先のコンビニの控室にずっと置いてあったのを貰ってきたエンジェルガールズのポスター。

まだ三枝さんがアイドルを引退する前の物で、五人の真ん中にはしおりんの姿が写っている。

ついこの間までの自分は、アイドルとかそういうものにはほとんど興味がなくて、いつも周りから一線を引いて生きてきたようなタイプだった。

けれど、三枝さんと知り合ってからというもの、我ながら本当に変わったよなと思う。

こうしてアイドルのポスターを自分の部屋にデカデカと貼ってしまう程度には。

全くもって、人生何があるか分からないものだよなと、まだ高校生なのにそんなことを実感している自分に一人笑えてきてしまう。

そして俺は、次に部屋のハンガーにかけてある一着のシャツへと目を移す。

それはケンちゃんのお店で買った、いつ見てもこれまでの自分なら絶対に買わなかったであろう派手な柄のシャツ。

そのシャツだってそうなのだ。

三枝さんと一緒にいるおかげで、自分では知ることの出来なかった自分を知ることが出来た。

ピコン――。

そんなことを考えながら横になっていると、枕元に置いたスマホからＬｉｍｅの通知音が鳴る。

『今日は楽しかったね！　ありがとう！』

それは、三枝さんからのお礼Ｌｉｍｅだった。

丁度今、考え事をしていた相手からのＬｉｍｅに、俺の閉じかけていた目は一気に冴《さ》えてくる。

それは何でもないお礼の一文なのだが、それでも三枝さんからＬｉｍｅが届いたということがとにかく嬉しかった。

だから俺は、既読も付けてしまったことだし慌てて返事を返すことにした。

『こちらこそ！　楽しかったよ！』

よし！　送信！

……と、送ったところで、これではせっかくのＬｉｍｅも終わってしまうことに後から気が付く。

何か返信しやすいように、俺からも何か一言付け加えて送るべきだったよなと、慌てて追加で送る文章を考える。

ピコン――。

だが、ただの返事のみだった俺のＬｉｍｅに対して、三枝さんからまたすぐに返事が送られてきた。

そのことにほっとするのと同時に、何が書かれているのか気になって急いでそのメッセージを確認する。

『明日も晴れるといいね！』

それは何でもない、急な天気の話だった。

そんなメッセージに、思わずクスリと笑ってしまう。

そう、三枝さんから送られてきたのは、まさかの天気デッキだった。

天気デッキとは、主に話題のない時に用いられる、誰とでも話せるけれど一切の広がりのない諸刃《もろは》の剣のトークデッキ。

そんな、話のネタに困って天気の話を持ち出す三枝さんの姿まで脳裏に浮かんで、またクスリと一人で笑ってしまう。

でもこれは、そもそも何の捻《ひね》りもなく返信してしまった俺が悪いわけで、三枝さんの方からなんとか話題を振ろうとしてくれていることが嬉しかった。

だから俺は、そんな三枝さんに一つ提案をしてみることにした。

『そうだね！　晴れと言えば、今度天気の良い日にどこか遊びに行ったりしたいね！　何かしたいこととかある？』

天気にちなんで、どこか行きたいところはないか質問する。

これは今日の帰り道で話した、これからお互いにやりたいことを語り合った話の延長でもある。

『公園、行きたいな』

すると、ちょっと間を空けてから、三枝さんからそんな返信が届く。

――公園か。

公園と言えば、俺の通っていた小学校の近くに、割と大きめの公園が一つある。

小学生の頃は、よく孝之や友達と集まってはその公園を駆け回って遊んだものだ。

でも、とある出来事がキッカケで、俺はその公園にはすっかり立ち寄らなくなってしまったんだっけ……。

まぁそれももう過去の話で、高校入学と共にこの街へやってきた三枝さんならきっと知らないだろうし、丁度いいと思った俺はその公園へ行くことを提案する。

『公園か、いいね！　近くに割と大きめの公園があるから、そこでどうかな？』

そう返信すると、また少しの間を空けてから返信が届く――。

『うん、知ってるよ。わたしがたっくんと行きたいのも、きっと同じ公園だから。楽しみにしてるね！』

三枝さんからの『知ってるよ』という返信を見て、俺は首を傾げる。

この近辺で大きめの公園と言ったら、やっぱりあそこの公園ぐらいしかない。

だから知っているということは、三枝さんも既にその公園には行ったことがあるってことだろうか。

でもそれなら、俺と行きたいという一言が引っ掛かった。

確かに大きめではあるが、これと言って特徴があるわけでもない普通の公園なのだ。

だから、なんで俺とあの公園に行きたいのか、その理由がよく分からなかった。

そんな疑問を残しつつも、それでも三枝さんが一緒に行きたいと言うなら、もう断る理由なんて何もなかった。

それよりも、また三枝さんと一緒に出掛けられるということが、俺はただただ嬉しかった。

それから公園へ行く日時を決めると、そろそろ時間も遅いからと今日のＬｉｍｅは終了した。

そんなわけで眠る前に俺は、三枝さんとのＬｉｍｅの履歴をもう一度眺める。


――今週の土曜日、三枝さんと公園デート。


たしかに約束をしたその履歴を眺めながら、俺は嬉しさで胸がいっぱいになってしまう。

昔よく遊んだ公園だから、新鮮さとかは何もない場所だけれど、それでも三枝さんと一緒ならきっとまた景色も変わって見えるだろうと、俺は今から次の土曜日がやってくるのが楽しみになっていた。


次の日。

朝登校すると、今日も教室には先に三枝さんの姿があった。

昨日一緒に公園へ遊びに行く約束をしているだけに、朝はお互いそのことを意識してしまい若干ぎこちなくなってしまったのだが、それでも帰る頃にはいつも通りの感じに戻っていた。

ちなみに今日は、この間の期末テストの結果が返却されたのだが、案の定三枝さんは今回も学年トップの成績を収めていた。

対して俺は、今回は学年七位。

やはり三枝さんには及ばないものの、我ながら一桁の順位を取れたことに満足する。

まぁこれも全部、勉強会で三枝さんに苦手なところを教えて貰えたおかげだなと感謝すると共に、改めて才色兼備だよなと思う。

ちなみに、孝之は学年十五位で、清水さんは十八位だった。

俺と同じく、想定よりも高い順位を取れたことに二人も喜んでいた。

そして、そんな喜ぶ俺達におめでとうと微笑んでくれる三枝さんは、やっぱり天使なのかもしれない――。

そんなわけで、今日も俺は学校を終えるとコンビニバイトに勤《いそ》しんでいる。

客のいない店内をぼーっと眺めながら、俺はテストで好成績を収めることが出来た喜び、そして土曜日は三枝さんと公園に出掛ける約束がある喜びで完全に浮かれていた。


ピロリロリーン。


すると、店の扉が開くメロディーが店内に流れる。

俺はそのメロディーに合わせて「いらっしゃいませ～」と挨拶をしながら、入店してきたお客様の姿を確認する。

するとそこには、大きめのマスクに縁の太い眼鏡をかけ、そしてキャスケットを深く被った不審者スタイルの三枝さんの姿があった。

改めて見るとやっぱり怪しい格好だよなと思いつつも、たった今考えていた相手がお店にやってきたことに嬉しさが込み上げてくる。

まぁ何はともあれ、今日も始めるとしよう。

お待ちかねの『三枝さんウォッチング』の時間だ――！

入店してきた三枝さんは、今日も最初は雑誌コーナーへと向かった。

前回のカフェデッキを思い出した俺は、もうこのタイミングから三枝さんの行動に注視する。

次また会計の時にカフェデッキのような不意打ちを食らったら、次こそは笑いを堪《こら》えきれる自信がないからだ。

だからこれは、ある意味三枝さんとの戦いなのだと、俺は三枝さんの一挙手一投足《いっきょしゅいっとうそく》に集中する。

雑誌コーナーへ行った三枝さんは、いつも通り雑誌に手を伸ばす。

――あの雑誌はたしか、料理雑誌だな。

雑誌を手にした三枝さんは、そのまま普通に立ち読みを始める。

今回はさすがにただの立ち読みだろうか……とも思ったが、相手はあの三枝さんだから油断はならない。

だが三枝さんはというと、雑誌のページをペラペラと捲《めく》りながら、暫くその雑誌を普通に立ち読みしていた。

その姿に、俺はやっぱり考え過ぎだったかなと思っていると、雑誌を読み終えた三枝さんは次の雑誌へと手を伸ばす。

そして俺は、次に手にした雑誌を見て確信した。

――また料理雑誌だ、これは絶対に何かある。

そこからは、やっぱり俺と三枝さんの戦いだった。

俺は必死に、料理雑誌と直近の三枝さんの行動との関連性を思い起こす。

真実はいつも一つ！

そんなどこかで聞いたことのあるようなワードを思い浮かべながら、俺は三枝さんの様子を注意深く観察するが、中々答えに辿り着くことが出来なかった。

そして三枝さんは、再び雑誌を読み終えると満足したのか、そのまま普通に買い物カゴを手にすると店内を色々と物色し始めた。

さすがにレジからでは物理的に見える範囲に限界もあり、結局今日の三枝さんのデッキは分からず仕舞いだった。

だから俺は、今日は何もないよなとモヤモヤとした気持ちを抱きながら、三枝さんをレジで迎え撃つ――。

「お願いします」

そう言って、三枝さんは普通に買い物カゴをレジに置いてくる。

覚悟を決めた俺は、恐る恐るカゴの中の商品の集計を始める。

緑茶、ヨーグルト、サラダ、惣菜……駄目だ、今回はチョイスも普通過ぎて、さっぱり何のデッキか分からない……。

というか、やっぱり今回ばかりは俺の考え過ぎなだけじゃないかと思えてきた。

気を取り直した俺は、そんな今日はあまりにも普通過ぎる三枝さんに金額を伝える。

「以上で、七百六十八円になりま――」

「はいっ!!」

俺が言い終えるより先に、今日もシュバっと千円札を差し出してくる三枝さん。

そうだった、三枝さんにはこれもあったのだと思いながら、俺はその千円札を受け取ると会計を済ませる。

そしてお釣りを差し出すと、やはり今日も三枝さんは両手で俺の手を包み込みながら大切そうにお釣りを受け取る。

そしてそのお釣りを財布にしまうと、何事もなかったかのようにレジ袋を手にする。

その様子に、本当に今日は何もなかったなと、俺は少し拍子抜けしてしまう。

しかし、その時だった――。

「あ、あのっ!!」

何か意を決したように、突然三枝さんから話しかけてきた。

「は、はい、なんでしょう?」

俺はその勢いに少し驚きつつも、あくまで相手が三枝さんだと気付いてないフリをしながら、店員として普通に返事をする。

「店員さんは、その……パン派ですか!?　それとも、ゴハン派ですか!?」

一体何事だと身構えていると、三枝さんはとても大事なことを確認するように、思いきった様子でそんな質問をしてくるのであった。

——え、いきなり何だ!?

当然、いきなりそんな質問をされた俺はというと、全くもって理解が追い付かなかった。

突然コンビニの店員に向かって、パン派かゴハン派かを確認してくる三枝さんは、最後の最後で今日も挙動不審全開だった。

「え、えーっと……ゴハン派、ですかね」

「分かりました!　ありがとうございますっ!!」

とりあえず俺は、訳が分からないながらも素直にゴハン派と答えた。

理由は簡単で、朝はパンよりごはんの方が多いからだ。

すると三枝さんは、返事を聞けたことが嬉しいのか何なのか、鼻息をフンスと鳴らしながら元気よく返事をすると、そのままご機嫌な様子でコンビニから出て行ってしまったのであった。

俺はそんな意味不明な三枝さんの背中を見送りながら、呆気に取られてしまう。

俺がパン派かゴハン派かを知ったところで、一体何になるんだろうか……。

そんなわけで、やっぱり今日も結局挙動不審全開だった三枝さんが可笑しくて、残された俺は時間差で吹き出してしまうのであった。

第三章　公園

土曜日がやってきた。

つまりは、ついに三枝さんとの約束の日がやってきたのだ。

午前十一時に駅前で待ち合わせをしているのだが、楽しみだった俺はつい三十分も早くきてしまった。

前に待ち合わせをした時は、先に来ていた三枝さん。

だからもしかしたら、今回も先に来ているかもしれないと思ったのだが、どうやら今日は俺の方が先に到着したようだった。

だから俺は、三枝さんがやってくるのを待つべく駅の柱にもたれ掛かって、音楽を聴きながら待つことにした。


トントン――。

暫く音楽を聴いていると、突然指で肩をトントンと叩《たた》かれる。

少し驚きながら振り向くと、そこには少し大きめのカゴを手にした三枝さんの姿があった。

今日は公園に遊びに行くということで、大きめの麦わら帽子に白のワンピースを合わせた三枝さん。

そんな姿に、これからこんな子と一緒に遊びに出掛けるのかと思うだけで、心が舞い上がってしまう。

今日も変装用に大き目のサングラスをかけているのだが、それも今の服装にはむしろ合っていて、目元は隠していても一目で美少女であることが伝わってくるのだから凄い。

そのせいもあって、周囲からはチラチラとこちらへ視線が向けられるのが分かった。

そんな視線に居心地の悪さを感じた俺達は、早速公園へと向かうことにした。


駅前から十分ちょっと歩いただろうか、目的地である公園へと到着した。

道中、今日は何だかいつも以上に嬉しそうにしている三枝さんの姿に、自然とこちらも笑みが零れてしまう。

それだけ、今日のことを楽しみにしてくれていたのだろう。

「わぁ！　懐かしいなぁー！」

公園を見回しながら、本当に懐かしそうに微笑む三枝さん。

そんな姿にほっとしつつも、俺としてもこの公園へ来るのは久しぶりだから、同じく懐かしい気持ちになってくる。

「ねぇたっくん！　あそこのベンチに座ろう！」

そして三枝さんは、そう言ってまるで公園へ来てはしゃぐ子供のように、二人掛けのベンチを指さす。

そこは大きな木陰に覆《おお》われており、日が高い今の時間、座るには丁度良さそうな場所だった。

「今日は天気もいいし、気持ちいいね！」

ベンチへ腰掛けた三枝さんは、そう言って気持ち良さそうにぐっと一度伸びをする。

差し込む木洩れ日が、そのふんわりと微笑む三枝さんの顔をキラキラと優しく照らす。

そんな三枝さんの姿を見ていると、俺はふと昔の記憶が蘇ってくる。

この公園、このベンチ、そして隣で微笑む三枝さんの姿に、かつて心の底にしまい込んだ想い出が呼び起こされてくるような感覚――。

「あ、あのね……」

それから一息ついた三枝さんは、恥ずかしそうに話しかけてくる。

そんな、改まって恥ずかしそうにする三枝さんの姿に、俺は何だろうとドキドキしながら次の言葉を待つ。

「え、えーっとね、今日のために、お、おおお弁当、作ってきたの！」

そう言って三枝さんは、手にしていた大きめなカゴを俺に差し出してくるのであった。

正直ずっと何のカゴだろうと思っていたが、どうやら中身はお弁当だったようだ。

しかもそれは、俺の勘違いでなければ今日ここで一緒に食べるために、わざわざ朝から作ってきてくれたということだろう。

三枝さんの手作り弁当……そう思うだけでも既にノックアウト寸前なのだが、まだ試合は始まったばかりだと気合を入れつつ、俺はその差し出されたカゴを受け取る。

「あ、ありがとう！　えっと、開けていい、かな？」

そう確認すると、顔を真っ赤にしながら首をコクコクと縦に振る三枝さん。

だから俺は、同じく緊張しながらそのカゴの蓋をゆっくりと開ける――。

「え、凄い……これ全部、しーちゃんが作ったの？」

カゴの中には二つのお弁当箱が入っており、その中には食べやすいようにおにぎりと唐揚げ、それから玉子焼きやサラダが綺麗《きれい》に並べられていた。

「う、うん、口に合うかどうか分からないけどね」

恥ずかしそうに手をパタパタさせながら、慌てて謙遜《けんそん》する三枝さん。

でも、この見た目だけでも美味しさが伝わってくるこのお弁当が、美味しくないはずがなかった。

「じゃあ、頂いてもいいかな？」

俺の言葉に、緊張の面持ちで言葉は発さず、またコクコクと首を縦に振る三枝さん。

こうして三枝さんからオッケーを貰った俺は、早速おにぎりを一つ手に取ると、そのままパクリと一口頂いた。

――うん、美味しい。

口に含んだお米は一粒一粒が立っていて、硬すぎず柔らかすぎず絶妙な炊き上がり具合だった。

それは炊き上がりだけでなく、程よい力加減で握られているところも大きいのだろう。

塩加減も丁度良く、巻かれた海苔《のり》の磯の良い香りが優しく鼻を抜ける。

ちなみに中身の具材は、鮭の切り身。

おにぎりの具には沢山の選択肢があるけれど、鮭の脂と塩気が口の中で程よく混ざり合い、これが正解なのだと納得させられる程見事なバランスだった。

そんなシンプルながらも味わい深いこのおにぎりは、一種の完成形であり、そしてほっとする美味しさだった。

「……ど、どうかな？」

「めちゃくちゃ美味しいです！」

心配そうに聞いてくる三枝さんに向かって、俺はニッコリと微笑みながら即答する。

すると三枝さんは、ほっと安心するように柔らかく微笑む。

「じゃ、じゃあ！　わたしも食べようーっと！」

そして恥ずかしさを紛らわすように、三枝さんもおにぎりを一つ摘んでパクリと口へ運んだ。

しかし勢いよく口に含んだせいか、その頬っぺたはハムスターのようにぷっくりと膨れてしまっており、そんな姿もやっぱり可愛かった。

そんな風に、モグモグと嬉しそうにおにぎりを食べる三枝さんの姿は、ずっと見ていたくなる程癒される。

それから唐揚げや玉子焼きも頂いたが全て美味しくて、何て言うかどれもなんだか安心する優しい味わいだった。

今も隣でモグモグとおにぎりを頬張っている三枝さんだが、きっと今朝は早起きしてこのお弁当を用意してくれたのだと思うと、それだけで胸がいっぱいになってきてしまうのであった。

晴れ渡った空の下、無邪気に駆け回りながら遊ぶ子供達の笑い声が聞こえてくる。

そんなのんびりとした穏やかな空間に、思わず時間を忘れてしまいそうになる。

けれど隣を向けば、そこには国民的アイドルにまで登り詰めた美少女の姿――。

そんな、日常の中にある非日常。

特別な相手と過ごす、この特別でない緩《ゆる》やかな時間が、何だかとても愛おしく感じられるのであった。

「た、たっくん！」

すると、そんな特別な存在である三枝さんから、何故かまた恥ずかしそうに声をかけられる。

その声に振り向くと、三枝さんは自分の箸で唐揚げを一つ摘み、それを俺に向かってすっと差し出してきていた。

「は、はい！　ア、アーン！」

「ふぇ!?」

そのアーンは、完全に不意打ちだった。

驚いた俺は、思わず変な声を出してしまう。

「さ、さくちゃん達がやってたから！」

言い訳をするように、慌てて理由を力説する三枝さん。

なるほど、だから孝之達と同じ唐揚げなのか……。

けれどそれは、残念ながら俺達がアーンをし合う理由にはなっていない気がするのだが、思えば既にパンケーキをアーンし合った仲なのだ。

だから大丈夫……なんてことは全くもってないのだが、せっかく三枝さんがそうして差し出してくれているのだ。

だったらここは、恥ずかしがっている場合ではなかった。

ここで食べなきゃ男が廃《すた》ると気合を入れた俺は、その唐揚げを勢いよくパクリと一口で頂いた。

「……ど、どうかな？」

「お、美味ひぃです」

恥ずかしさを必死で堪え、俺はモグモグしながら返事をする。

すると、食べながらだから変な言い方になってしまったのが可笑しかったのだろう、三枝さんはプッと吹き出すと楽しそうに笑い出す。

そんな楽しそうに笑う三枝さんの姿に、俺も自然と一緒に笑っていた。

――じゃあここは、孝之達に倣《なら》って俺もお返ししないとだよな。

そう思い俺は、唐揚げを一つ箸で摘むと、それを三枝さんに向かって差し出す。

「えっと、孝之もやってたから」

「そうだね！」

三枝さんが清水さん役なら、俺は孝之役だ。

それが伝わったのだろう、三枝さんは楽しそうに笑うと差し出した唐揚げをすぐにパクリと口に含んだ。

それから暫くモグモグしたあと、唐揚げを飲み込んだ三枝さん。

そして――。


「たっくんにアーンして貰ったからかな、さっきよりも美味しかったよ」


そう言って三枝さんは、嬉しそうに微笑んでくれるのであった。

――え、なにこれ……可愛すぎんか……？

そんな可憐に微笑む三枝さんの姿に、俺は今日だけでも何度目か分からない胸の高鳴りを感じずにはいられないのであった――。


仲良く弁当を食べ終えた俺達は、それから暫く同じベンチに腰を掛けながら、他愛のない会話を楽しんだ。

目の前の広場からは、鬼ごっこをしている子供達の笑い声が聞こえてくる。

「懐かしいなぁ……」

そんな光景を眺めながら、三枝さんは昔を思い出すように小さく呟《つぶや》いた。

「あの、さ。やっぱりしーちゃんは、以前もこの公園に来たことがあるんだね？」

そんな三枝さんに、俺はついに気になっていたことを質問する。

それは何故、高校入学からこの町に住み始めたはずの三枝さんが、この公園を懐かしいと感じているのかについて――。

「うん、わたしのおばあちゃんの家がこの近くにあるんだ。それで家《うち》の都合もあって、小学生の頃は夏休みになると毎年おばあちゃんの家に遊びに来てたから、その時この公園にもよく遊びに来たの」

「なるほど……」

そう、だったのか。

近所におばあちゃん家《ち》があれば、たしかにこの公園にも遊びに来ることもあるだろうと納得する。

「でもね、わたしって小さい頃は今よりもっと地味で引っ込み思案な子だったの。だから、自分から誰かに話しかけられるような子じゃなかったんだ」

信じられないでしょと、少し自虐的《じぎゃくてき》な笑みを浮かべる三枝さん。

たしかに、今の明るくて誰とでも分け隔てなく接している三枝さんを知っていれば、その話は正直信じられなかった。

「――だからね、この公園に遊びに来ても、当然他所者《よそもの》のわたしには友達なんていないし、いつもわたしはこのベンチに座りながら、一人で本を読んでいたの。だからあの時も、わたしはあの子達みたいに駆け回って遊ぶ同年代の子達を眺めながら、いいなぁ楽しそうだなぁって思ってたんだ」

懐かしそうに、三枝さんはそんな自分の思い出話を聞かせてくれた。

そうか、当時の三枝さんはそんなことを考えながら、ここで一人本を読んでいたのか……。

その話に俺も、また当時の記憶が一つ蘇ってくる――。

「でもある時ね、そんなわたしに一人の男の子が声をかけてくれたの。『お前一人か？　だったら一緒に遊ぶぞ！』って強引にね」

当時を懐かしむように、三枝さんは嬉しそうに思い出し笑いを浮かべる。

「それからは、毎日のようにこの公園に遊びに来ては、色々とその子に遊びに連れ回して貰ったの。近くの花火大会にも連れていって貰ったなぁ……。そうしてね、その子と遊ぶようになってからのわたしはね、ちょっとずつ変わっていったの。あれだけ引っ込み思案だったわたしがね、その子のおかげで素直になれたし、明るくもなれたんだ」

嬉しそうに、この公園での思い出を話してくれる三枝さん。

その話に俺は、やっぱり当時の思い出と重なるものを感じる——。

「一番決定的だったのは、その子がわたしに言ってくれた言葉なの。『お前、面白いし顔も可愛いんだから、もっと自分に自信持てよな』ってね。そんなこと、初めて言われたの。その言葉が、あの頃の引っ込み思案なわたしにとっては本当に嬉しくて、わたしももっとその子みたいに成りたいって思ったんだ。——その子はわたしにとっての、ヒーローだったんだ」

それは、三枝さんにとって本当に大切な思い出なのだろう。

ゆっくりと一言一言噛《か》みしめるように、三枝さんは当時の思い出を話してくれた。

「——その年の夏は、その子と過ごせたおかげで本当に楽しかったの。人生でも、一番楽しかったって思えるぐらいにね。だからわたしは、夏休みが終わって家に帰ってからも色々と変わる努力をしたんだ。そしたらね、そのおかげで学校でも友達が沢山出来たの。だから、次の夏は変わったわたしをその子に見て貰って、沢山驚かせてやろうって凄く会えるのを楽しみにしてたんだ……。色々と報告したかったの。褒《ほ》めて欲しかったの。……でも、次の年またこの公園に来ても、もうその子の姿はどこにもなかったんだ……」

そう……だったんだね。

でもそれは……違うんだ……。

「それから何度この公園に来ても、もうその子には会うことは出来なかったの……。結局わたしは、それからちょっとした頃かな？　偶然ね、街でアイドル事務所の人にスカウトされたんだ。それでわたし、思ったの。もしわたしがアイドルになって有名になったら、あの子にも見つけて貰えるんじゃないかって」

そんな理由でアイドルになるなんて、可笑しいでしょ？　と笑う三枝さん。

でも俺は、笑えなかった。

そして、そんな俺に三枝さんは、一度深呼吸をしてから言葉を続ける――。

「だから、ね……あの頃からわたしは、ずっと会いたかったんだよ？　たっくん……」

「そっか……やっぱり三枝さんが、しーちゃんだったんだね……」

「うん、やっと会えたね」

俺の返事に、三枝さんは嬉しそうに微笑む。

そしてその綺麗な瞳からは、一粒の涙が零れ落ちていた――。

◇

小学生の頃、俺はこの公園で一人の女の子と出会った。

おさげヘアーで、眼鏡をかけた大人しそうな女の子。

それが俺のその子に対する、最初の印象だった。

いつも一人でベンチに座って、木陰で読書をするその子のことが前から気になっていた俺は、ある日思いきって一緒に遊ぼうとその子を誘った。

最初は戸惑っていたけれど、でもその子は俺の誘いを断りはしなかった。

それが嬉しかった俺は、それからはその子のことを遊びに連れ回すようになっていた。

そうして一緒に遊んでいるうちに、俺はいつしか引っ込み思案なその子のことを、変えてやりたいって思うようになっていた。

だから俺は、ことある毎《ごと》にその子のことを誘っては、夏休みだけ来ているというこの町を楽しんでいって欲しいと思っていたのだ。

孝之達との鬼ごっこに誘ったり、近所の駄菓子屋に連れて行ったり、いつもこの公園で決まった時間に会い、最後は必ず次の約束をしてからこの公園で別れるという日々を繰り返していた。

そんな日々を過ごしていると、いつしかその子も自分の考えを話してくれるように変わっていた。

それが俺は嬉しくて、それからも一緒に遊んでいるうちに、気が付いたら俺はその子のことが好きになっていたのであった——。


——紛れもない、それが俺にとっての初恋だった。


だから俺は、勇気を出して地元の花火大会にその子を誘った。

家の都合で、夏の間だけこの町に来ていることを聞いていた俺は、今はただ一緒に過ごせるだけで十分だと思っていた。

そして、花火大会当日。

俺はその子と、しっかりと手を繋ぎ合いながら、二人で一緒に大きな花火を見上げていた。

あの頃の幼い俺には、それが精一杯だった——。

そして、花火大会の終わりと共に、夏の終わりが訪れる——。

夏が終われば、その子も家に帰らなければならないことを知っていた俺は、その子と一つの約束をするために、その日もいつも通り公園のベンチを訪れた。

しかし、いつもならやって来るはずの時間になってもその子は来ず、その日は一度もその子が現れることはなかった。

次の日も、その次の日も、俺はこのベンチでその子が来るのを待ち続けた。

しかし夏休みが終わるまで、結局その子がやってくることはなかったのであった――。

こんなことなら、おばあちゃん家がどこにあるのかとか、もっと色々と聞いておけば良かったと思っても、全てが後の祭りだった。

当時のまだ幼い俺は、次にまた会う約束をしてさえいれば十分だと思っていたのだ。

約束通り、ここへ来れば必ず会えるものだと思っていたから、まさか約束が破られるなんて思いもしなかったのだ――。


そうして俺は、気持ちを伝えることも、したかった約束をすることも出来ないまま、その子とは離れ離れになってしまった。

その年の夏、俺は初めての恋と、初めての失恋を経験したのであった――。

それからの俺は、この公園に来るとその子のことを思い出してしまうから、来るのが少し怖くなってしまっていた。

だからその夏以降、自然とこの公園で遊ぶことはなくなっていた。

そして月日は流れ、俺は中学生になった。

中学へ入学してからは、孝之もバスケを始めたし、俺も中学時代は陸上部に所属していたから、もう公園で走り回って遊ぶことなんてすっかりなくなってしまっていた。

そうした新たな環境での日々を送る中で、そのひと夏の出来事はゆっくりと過去の大切な思い出になっていったのであった――。

でも、今でもたまにその当時のことを思い出すことがある。

俺はその度、俺の知らないどこか遠い所で、あの子が元気にしてくれていればいいなと願う。

引っ込み思案だったあの子も、夏が終わる頃には自分の意見をちゃんと口に出来るようになっていたのだ。

だからもう、あの子ならきっと大丈夫だろうと、俺はそんな初恋の気持ちをそっと心の奥にしまってきた。

もう二度と会うことはないであろうあの子の――、

しーちゃんの幸せを、俺はただ願うことしか出来ないでいた。

◇

「……どうかな？　わたし、変わったでしょ？」

「……うん、とっても」

涙を流しながら、微笑む三枝さん。

その姿に、俺も当時を思い出すように返事をする。


――本当に、とっても可愛くなったね、しーちゃん。


心の時間を巻き戻す――。

そして俺は、あの時しーちゃんとしたかった約束があったことを思い出す。

だがそれは、俺の方から逃げ出して手放してしまった約束だ。

でも、もし許されるのならば、もう一度ちゃんと伝えたい。

そして、今度こそその約束をちゃんと果たさせて欲しいんだ――。

そう決心した俺は、涙を流すしーちゃんに向かってゆっくりとその思いを言葉にする。

「あの時、俺はしーちゃんとしたかった約束があるんだ」

「……約束？」

「うん、それはね、次の夏も必ず会おうって。――だからしーちゃん。あれからかなり時間は経《た》っちゃったけどさ……今年の夏は、また俺と一緒に遊んでくれないでしょうか？」

時間を巻き戻すように、その一言一言をしっかりと噛み締めながら、俺はあの頃の気持ちでようやくしーちゃんに思いを伝えることが出来た――。

「うん、こちらこそ宜《よろ》しくお願いします」

俺のお願いに、しーちゃんは嬉しそうに微笑んでくれた。

その天使のような微笑みは、あの頃の幼いしーちゃんと重なって見えた。

――やっぱり、しーちゃんはしーちゃんだ。

本当に、どうしてこれまで気付かなかったのだろうなと、自分の目の節穴さに呆れてくる。

しかし今のしーちゃんは、本当にあの頃と比べると変わっているのだ。

眼鏡をかけた素朴な女の子が、まさか国民的アイドルになっているなんて、そんなこと一体誰が想像できるだろうか……。

でも、思い返せばしーちゃんはやっぱりしーちゃんのままで、だからこそ俺は再び好きになっちゃったんだろうなと納得する――。

こうして俺達は、あの頃と同じベンチに座りながら、今度こそこの夏を一緒に楽しむことを約束したのであった――。

◇

しーちゃんが落ち着くまで、そのままベンチで一緒に過ごすことにした。

隣からは、鼻を啜《すす》る音が聞こえてくる。

「ごめんね、たっくん……わたし嬉しくて……」

「ううん、大丈夫だよ」

泣いてしまったことを、恥ずかしそうに笑うしーちゃん。

でも泣いてしまったのは俺も同じだし、そんな風に本当の意味で再会出来たことに涙してくれていることが嬉しくて、俺は安心させるようにポケットから取り出したハンカチでしーちゃんの涙を拭ってあげる。

「えへへ、やっぱりたっくんには敵《かな》わないね」

あの頃のように、嬉しそうに素直な笑みを浮かべるしーちゃん。

そんなあどけない微笑みに、また更に心の距離が近付いたように感じられた。


それはまるで、あの頃の夏に戻っていくように――。


「わたしね、アイドルだった時も、実はたっくんに一度会ってるんだよ？」

「え、本当に？」

その言葉に、俺は驚く。

――アイドル時代のしーちゃんと、俺が会っている？

国民的アイドルで、しかもこんな美少女に会っておいて、それすらも記憶にないなんてさすがに……と思ったけれど、俺はコンビニでのしーちゃんの姿を思い出す。

「あっ、もちろん変装してたからね、たっくんが気付かなくても無理はないと思うよ。中学三年生になったばかりの時にね、たまたまお仕事でこの近くに来てたから、久々におばあちゃんに会いに寄ってみようと思ったの。でもね、いつも親に車で送り迎えをして貰ってたから、駅で降りても土地勘がなくてちょっと迷子になっちゃってたんだ。そんな時、駅で助けてくれたのがたっくんだったの」

嬉しそうにその目を輝かせながら、しーちゃんは当時のことを教えてくれた。

しかし、お互いに時間が空いてしまっていたし、それが本当に俺なのかという気がしなくもないのだが、こうしてしーちゃんが俺を見つけてくれている以上、きっとそれは間違いないのだと思う。

中三の初めの頃か……言われてみると、確かに一つ心当たりがある。

それはある日、部活の帰りに駅へ立ち寄った時のことだ。

駅でキョロキョロしている同年代ぐらいの不審な女の子に、道を聞かれたことがあった。

その女の子は、サングラスにマスクという、まるで正体を隠すような格好をしていたからよく覚えている。

まさか、あの時会ったあの女の子が実はしーちゃんだったというのなら、それはもう確率では計れないような運命的なものを感じざるを得ない。

「大きくなっても、一目でそれがたっくんだって分かったんだ。わたしビックリしてね、気付いたら声をかけちゃってたの。そしたらたっくんは、困っているわたしを安心させるように優しく道を教えてくれてね、ああ、やっぱりたっくんはたっくんのままだなぁって思ったの。その時は道を教えて貰えたことにお礼を言うと、恥ずかしくてすぐにその場から離れちゃったんだけど、逃げないでちゃんと話をしなくちゃって思い直して後ろを振り返ったんだ。だけど、その時にはもうたっくんの姿はそこにはなくて、何やってるんだわたしのバカ！　せっかく再会出来たのに！　って、あの時の自己嫌悪は凄かったなぁ」

そしたら、もう少し早く再会出来ていたかもしれないのにねと、しーちゃんは困り顔で微笑んだ。

「でもその一件のおかげで、わたし思い出したの。元々わたしは、たっくんに見付けて貰いたくてアイドルになったんだって――。だけど気が付いたら、アイドルとしての毎日が忙しくなっちゃって、たっくんのことまで忘れてしまいそうになっていたの。だけどあの時、駅で偶然たっくんに再会出来たおかげで、わたしはアイドルになった最初の気持ちを思い出すことが出来たんだ」

――そうだったんだね。

アイドルとして慌ただしい日々を過ごす中で、しーちゃんもまた昔のことを忘れかけてしまっていたのだ。

それは無理もなく、あれだけメディアに引っ張りだこだったことを考えれば、それでも俺のことを覚えてくれていただけでも凄いことだと思う。

「……あのままアイドルを続ける選択肢もあったと思う。でもね、それだと本当に成りたかったわたしには成れないって気が付いたの。だからわたしは、アイドルを辞めてこの町に引っ越してきて、それからたっくんと同じ高校に入学することにしたんだよ」

その選択に悔いなどないと言うように、しーちゃんは晴れ晴れとした表情で微笑みながら、この町へやって来た理由を教えてくれた。

トップアイドルとして成功していたしーちゃんのその選択が、果たして本当に正解だったかどうかなんて俺には分からない。

けれど、今のしーちゃんの表情を見ていたら、きっとそれで良かったのだろうと思えた。

しーちゃんの言う成りたい自分とは何なのか、それはまだ分からないが、それでも今はこうして再会出来ていることが俺も凄く嬉しいし、もうそれだけで十分だった。

「あ、えっとね、元々親からも学業に集中するようにも言われていたし、その上でわたしはわたしのやりたいことを、わたしの意志で決めて行動しているだけだから、たっくんはわたしがアイドルを辞めたこととかは全然気にしなくても大丈夫だからね！」

自分の意志でアイドルを辞めただけだから、気にしないでねとしーちゃんはすかさずフォローしてくれた。

たしかに、辞めた理由が自分なのだとしたら、それはやっぱり気になってしまう……。

けれど、既にしーちゃんは普通の女の子として、こうして隣にいてくれているのだ。

それであれば、ここで俺から言うことはたった一つだった。

「……そっか、じゃあ尚更、これからしーちゃんと一緒に楽しい時間を過ごさないとだね」

「フフ、そうだよ！　またあの時みたいに、わたしに色々教えて下さい」

「はい、任せて下さい」

「宜しくお願いします」

まるで初対面の時のように、お互いふざけながら頭を下げ合う。

それからお互い顔を向き合わせると、可笑しくなって吹き出すように笑い合った。

なにはともあれ、こうして思い出の公園で再び一緒になれているのだ。

今はそれでいい。それだけで十分だった。


だから俺は、一頻《ひとしき》り笑い合ったところで、今の会話の中でどうしても気になることがあったから、最後にそれだけは聞いてみることにした。


「ところでさ、なんでしーちゃんは俺が今の高校に入ること知ってたの？」

「え？　それは探《たん》て……じゃなくて、え、えーっと、あれだよ！　あれ！」

「あれ？」


俺の質問に、目をぐるぐるさせながら慌て出すしーちゃん。

そんな慌てる様子は、やっぱり挙動不審だった。

「う、うん！　たっくんなら、きっとこの高校なんじゃないかなぁーって！」

「そ、そんな博打《ばくち》で、アイドル辞めてこの町に来たってこと!?」

それはあまりにも大胆すぎやしないかと、俺はその無理のありすぎる説明に思わず笑ってしまう。

そんな笑う俺を見て、「たっくんのいじわる……」と拗《す》ねて俯《うつむ》くしーちゃん。

「……調べたの。たっくんがどこの高校に行くか、とっても色々調べたのっ!!　だって!!」

「だ、だって？」

「だってわたし！　どうしてもたっくんと同じ高校に行きたかったんだもん!!」

顔を真っ赤に染めながら、しーちゃんは俺の進学先を知っていた理由を教えてくれた。

その瞳はうるうると潤《うる》んでいて、拗ねたように少し頬を膨らませているその姿は、もう今すぐにでも抱き締めてしまいたくなる程可愛かった――。

――しかし調べたって、どこまで調べられたんだろうなぁ……。

なんてちょっと恐怖しながらも、それ以上にそうまでして俺と同じ高校へ行こうとしてくれていたことが嬉しくて、まぁいいかとこの件は水に流すことにした。

「分かったよ。じゃあ俺からも、そんなしーちゃんにお返ししないとね」

「……お、お返し？」

「うん、ちょっと一緒に来て貰えるかな？」

そう言って俺は、それからしーちゃんを連れて近くの駄菓子屋へとやってきた。

ここへ来るのは、それこそあの夏ぶりだろうか。

久々にやってきた思い出の駄菓子屋に、「わぁ！　懐かしい！」と無邪気に喜ぶしーちゃんに、俺はあの頃一緒によく食べたアイスを二つ買って一つ渡した。

「はい、しーちゃん。あの頃みたいに、一緒に食べよっか」

「うんっ！　たっくんありがとうっ！」

ニッコリと微笑み、嬉しそうに返事をするしーちゃんは、やっぱりあの頃と何も変わってなんていないのであった。

◇

月曜日。

俺はいつも通り朝の支度を済ませて、それからいつも通り登校する。

そして校門をくぐり、下駄箱で上履きに履き替えるといつもの教室へ入る。

教室内には、俺より先に登校してきたクラスメイトの姿がちらほらあり、そしてやっぱり俺の隣の席には既にしーちゃんの姿があった。

そんなしーちゃんは、今日も何やら朝から熱心に読書している。

「おはよう、しーちゃん」

「あ、おお、おはようたっきゅん！」

――あ、噛んだ。

顔を真っ赤にしながらしーちゃんは、恥ずかしそうに本で顔を隠して「おはようたっくん」と言い直した。

そんな、朝からフルスロットルで可愛いしーちゃんに、思わず俺も朝から顔を赤くしてしまっているのは、全くもって仕方のないことだろう。

「おっす！　おはよう二人とも！」

「おはよう」

そんな俺達の元へ、孝之と清水さんが今日も仲良く手を繋ぎながらやってきた。

「おはよう。そういえば孝之、大会はどうだった？」

「ん？　あぁ、結局次の県大会では一回戦負けに終わったよ。まさか初戦の相手がベスト4の高校になるなんてなぁ……。まぁでも、お世話になった先輩達を県大会に連れて行くことが出来たのは良かったたな」

「でも、孝くんは負けてなかったし、その、すっごくカッコよかったよ……」

「お、おう、ありがとな……」

バスケの大会の結果を聞いたはずが、見つめ合いながら二人だけの空間を作り出してしまう孝之と清水さん。

この二人も、日に日に所謂バカップル化しているようだ。

今日も朝から目の前でイチャイチャしてくれやがってと思いながら、同意を求めるように俺は隣を向いた。

するとしーちゃんは、少し頬を赤らめながら、二人のことをなんだか羨ましそうに見つめていた。

そんな様子に、今までの俺なら見て見ぬフリをしていただろう。

でも、今の俺は違うのだ。

こっちはこっちで、一緒に公園へ遊びに行くことが出来たし、そこでこの夏は一緒に楽しむ約束までしているのだから。

「そいつは残念だったな。応援行けなくてごめんな。それからお疲れ様」

「おう、サンキュ！　応援はいいさ、それよりそっちはどうだったんだ？」

「こっちか？　しーちゃんの手作り弁当食べたけど、めっちゃ美味しかったぞ」

俺は孝之に向かって、少し自慢するように返事をした。

すると孝之は、お前も言うようになったなと面白そうに笑ってくれた。

そして当事者であるしーちゃんはというと、まさか俺がこんな風にあの日のことを話すなんて思っていなかったのだろう。

恥ずかしそうに頬を赤らめていた。

ちなみに孝之と清水さんには、実はしーちゃんが小学生の頃よく一緒に遊んでいた女の子だったことはＬｉｍｅで報告してある。

孝之は俺と同様に、まさかあの頃一緒に遊んでいたあの女の子が、実は三枝さんだったとは思いもしなかったようで、『そんな運命ってあるんだな』と驚いていた。

そして清水さんからは、『きっと二人は、また出会うべくして出会ったんだと思う、頑張ってね！』と応援のメッセージを貰った。

だから俺は、その『頑張ってね』というエールに対して、全てをひっくるめて『ありがとう！　頑張るよ！』と返事をしておいた。

それから俺は、教室を見回す。

別に大声で話したつもりはないのだが、ここにはクラスでも中心人物が集まっているのだ。

だから今の会話も聞かれていたのだろう、驚くような視線がこちらへ向けられてきていた。

でも、もう俺は頑張ると宣言しているのだ。

だから俺は、隣で固まっているしーちゃんにそっと声をかける。


「みんなに知られちゃったね」


俺はしーちゃんに向かって、わざとちょっぴり悪戯っぽく微笑みながらそう告げた。

「そ、そそそうだね」

そんな俺に対して、しーちゃんは顔を赤らめながら慌てて返事をしてくれた。

そうなるのも無理はなく、今までと違う俺の接し方に戸惑っているのが見て分かった。

そんな戸惑うしーちゃんもやっぱり可愛くて、乗りかかった船だと俺は更に調子に乗って話を続ける。

「また、しーちゃんの手作り弁当食べさせて欲しいな」

完全に勢い任せの、口から出た俺の本音。

――うん、俺は何を言っちゃってるんだろう。

さすがにこれは踏み込み過ぎだろうと、途端に変な汗が吹き出してくる。

いくら昔からの知り合いだと分かったとはいえ、今のセリフは付き合ってもいないのに何様だよという感じだ。

俺は失敗したなと思いながら、恐る恐るしーちゃんの様子を確認する。

するとしーちゃんは、下を向いて膝の上で握った拳をプルプルとさせていた。

あ、これは不味《まず》い……と、数秒前の自分の浮かれた発言を激しく後悔する。

そしてしーちゃんは、ガバッと顔を上げて俺の顔を見つめると、覚悟を決めたようにその口を開く。

「た、たっくんがそんなに食べたいって言うなら！　あ、ああ明日からお弁当作ってくるよ!?」


——えっ？


しーちゃんのその一言で、教室内が一瞬にしてシーンと静まり返る——。

そして——、

「「「えーっ!?」」」

クラスの全員が、一斉に驚きの声をあげるのであった。

そのしーちゃんの斜め上過ぎる発言に、俺もみんなと同じく驚いて固まってしまう。

――俺の弁当をしーちゃんが？　いやいや、いくらなんでもそれは……。

そう思ったけれど、目の前で顔を真っ赤にしながら俺のことを真っすぐ見つめ、緊張した様子で返事を待っているしーちゃんの姿が、今のが夢でも幻でもないことを証明してくれていた。

「い、いいの？」

「う、うん、いいよ」

「その、食材費とか手間とか……」

「一つも二つも変わらないから平気だよ」

「そ、そうなのかな？　じゃ、じゃあ……えっと、宜しく、お願いします」

「はい、お願いされました」

俺が頭を下げると、しーちゃんはニッコリと嬉しそうに微笑んでくれた。

その結果、そんなしーちゃんの言葉に対して更に騒めき出す教室内。

クラスの男子達の、悲鳴にも近い声があちこちから聞こえてくる。

これはもう、引くに引けないところまで話が進んでしまったなと思っていると、そんな俺達のことを見ながら孝之と清水さんは面白そうに笑っていた。

こうして、あのエンジェルガールズのしおりんこと三枝紫音が、一人の男子のために弁当を作って持ってくるということは、あっという間に学校中に知れ渡ってしまい、一躍《いちやく》俺は時の人となってしまったのであった——。

でも、こうなることは既に覚悟を決めていたこと。

国民的アイドルのメンバーだったしーちゃんと向き合うということは、こういうことなのだ。

学校で……いや、もしかしたら学校を飛び出して世間でも注目を浴びてしまうことになるのかもしれない。

けれど俺は、あの日の公園で全ての覚悟を決めているのだ。

今年の夏は、しーちゃんと一緒に全力で楽しむのだと。

こうして俺は、次の日からしーちゃんの手作り弁当を食べられるという、誰もが羨むであろう、あまりに特別な権利を手に入れたのであった。

◇

次の日の昼休み。

俺はしーちゃんに言われた通り、今日は本当に弁当を持ってきてはいない。

理由はもちろん、しーちゃんが弁当を持ってきてくれることになっているからだ。

まぁ、仮に弁当がなかった場合、すぐに購買へパンでも買いにいけばいいと、そんな逃げ道を考慮しつつ本当に弁当を作ってきて貰えたのかどうか、ドキドキしながらしーちゃんの様子を窺った。

そしてそれは、俺だけではなくクラスの男子達も俺達の様子を遠巻きに窺っているのが分かった。

そんな緊張が走る教室で、ついにしーちゃんは自分の鞄から弁当箱を取り出す。

その様子を、クラスのみんなが固唾《かたず》を飲んで見守る――。


「えーっと、じゃあはい！　こっちがたっくんの分です！」


そしてしーちゃんは、周囲の視線なんて全く気にする素振りも見せず、ただ俺へ向かってはにかみながら包み袋をさし出してくるのであった。

可愛いウサギの模様の袋で、丁度中にはお弁当箱が一つ入るぐらいの膨らみを帯びている、その包み袋。

――そ、そういうことだよな。

恐る恐る、俺はその包み袋を受け取る。

そしてすぐに中身を確認すると、中に入っていたのはたしかにお弁当箱だった。

俺がそのお弁当箱を取り出すと、様子を窺っていた男子達からは悲鳴のような声が聞こえてくる。

そんな周囲の反応に、恥ずかしさ二割、優越感八割を感じつつ、そのお弁当に感動しながら早速蓋を開ける。

すると中には、ごはんと小ぶりのハンバーグ。そして焦げ目のない玉子焼きに、ハムで巻かれたポテトサラダとプチトマトがキレイに並べられており、冷凍のものとは違う、それは紛れもなく手づくりのお弁当であった。

「く、口に合うといいんだけど……」

「大丈夫、むしろ口を合わせに行くから」

咄嗟《とっさ》にサムズアップと共に、我ながら訳の分からない返事をしつつ、俺は誤魔化すように早速ポテトサラダを一口食べてみる。

――うん、やっぱり美味しい。

少し粗めに潰されたじゃがいもと、角切りにされたきゅうりや人参は食べ応えがあり、巻かれたハムの塩気が味を引き締めている。

それはバイトしているコンビニで売られているポテトサラダとは異なり、手作りならではの味わい深さがあった。

「うん、やっぱり美味しいね」

「ほんと？　良かったぁー」

味の感想を伝えると、しーちゃんはほっとするようにその表情を緩ませると、両手を合わせながら微笑む。

その姿はやっぱり可愛くて、思わず俺の顔も一緒に緩んできてしまう。

「お、今日から卓也も愛妻弁当デビューかぁ？」

「愛妻ってお前……」

一通り俺達のやり取りを見ていた孝之が、ニヤニヤしながら俺のことを茶化してくる。

今となっては当たり前のように清水さんの手作り弁当を食べている孝之は、すっかり先輩面をしてくるのであった。

でもたしかに孝之と清水さんについては、この間付き合い出したとは思えない熟年夫婦感まで感じられるのであった。

そして俺は、再び隣の席に目を向ける。

するとそこには、両手を自分の頬に当てながら、嬉しそうにクネクネしているしーちゃんの姿があった。

そんな、今日も今日とて安定の挙動不審を発揮するしーちゃんだが、まぁ本人はとても幸せそうにしているからそっとしておくことにした。

「お、そうだ！　来週からいよいよ夏休みに入るだろ？　これ、親にこの間貰ったんだけどさ、良かったら今度四人で行かないか？」

そう言いながら孝之が差し出してきたのは、プールの入場券だった。

本当に、孝之の親は一体何をやっている人なんだろうかと思いながら、俺達はそのチケットを一枚ずつ受け取った。

まぁたしかに、これから夏が始まるわけだしプールなら夏っぽくて丁度いいだろう。

そう思いながら、俺は貰ったチケットを何となく眺めていたのだが、そこでようやく事の大きさに気が付く。

――え？　これ、しーちゃんと一緒に行くの？

――てことは、しーちゃんの水着姿を!?

いやいや、それはさすがに……と思いながら隣を向くと、しーちゃんは受け取ったチケットを手にしながら、少し困ったような顔をしていた。

そんなしーちゃんの姿に、俺はやっぱりなとすぐに察する。

いくら仲が良くても、やはり水着姿を晒《さら》すとなると訳が違うのだろう。

それにそもそも、もししーちゃんがそんな所に行ってしまったら、きっと騒ぎになるに違いないのだ。

だから、しーちゃんの水着姿が見られる……と淡い期待をちょっぴり抱いたものの、それは色々と無理があるのであった。

だから一緒に行けないのは正直残念ではあるけれど、これぱっかりは仕方がない。

今はこうして、しーちゃんの手作り弁当を食べられているだけで十分幸せなのだ。

あまり多くを求めるのは良くないよなと、俺はそんな残念な気持ちをそっと胸の奥にしまった。

「紫音ちゃん、無理そう?」

同じくしーちゃんの様子に気が付いた清水さんが、心配するように声をかける。

「そうじゃないんだけどね……」

そんな清水さんに、しーちゃんはやっぱり困り顔で答える。

その頬はほんのりと赤く染まっており、何故かこっちをチラチラと見てくる。

そして、ちょっといいかなと言って清水さんの手を取ると、そのまま清水さんを連れて足早に教室から出ていってしまった――。

「おい孝之、お前達はいいだろうけどさ、しーちゃんをプールに誘うのはさすがに無理があるんじゃないか」

「そうか？　俺は平気だと思うぞ」

「いやいや、今だって清水さん連れて出てっちゃったんだぞ？　きっと今頃、清水さんに断って貰うようにお願いでもしてるんじゃないか」

「まったくよ、こういう時、卓也はすぐネガティブになるよなぁ」

そう言うと孝之は、呆れるようにわざとらしく大きくため息をつく。

なんだよ、まるで俺が全く女心を分かってないみたいなリアクション取りやがって。

これが、彼女のいる男の余裕ってやつかチクショー。


そうこうしていると、どうやら相談は終わったようで、しーちゃんと清水さんの二人が席へと戻ってきた。

そしてしーちゃんは、膝ごとこちらに向けて席に座ると、真っ直ぐこちらを見つめながら口を開く。

「たっくんが行くなら、わたしも行きますっ！」

「へっ？」


その言葉は、俺の予想とは真逆の言葉だった。

断るなら、俺じゃなくて誘った孝之に——と思っていた矢先、まさかの真逆の言葉に俺は思わず変な声を上げてしまった。

——俺が行くなら、わたしも行く？

た、たしかに今、そう言ったよな？

「え、しーちゃんはそれでいいの？」

「うん、いいよ」

俺の問いかけに、楽しそうに微笑みながら即答するしーちゃん。

——え、いいの？　マジで？

でも、そうなると俺の中で新たな疑問が浮かんでくる。

何故しーちゃんはさっき、あんな困り顔をしていたのか。

そして何故、一度清水さんと教室から出て行ってしまったかについてだ。

しかしそれも、清水さんの次の一言で全てが明らかとなる——。

「紫音ちゃん、着てく水着がないんだって。だから今日の放課後、わたしに買い物に付き合って欲しいんだよね？」

「ちょ!?　さ、さくちゃん!?」

清水さんの言葉に、顔を真っ赤にして慌てるしーちゃん。

そんなしーちゃんに対して、清水さんは「あれ？　言っちゃダメだった？」と小首を傾《かし》げるが、その顔から完全に確信犯だということが伝わってくる。

そんな清水さんに、しーちゃんは「もう、聞かれたくないからわざわざ教室出たのにぃ……」と、恥ずかしそうに呟くのであった。

なるほど、だからさっきはあんな顔をしていたのか……。

「まぁそういう話みたいだから、今日は久々に一緒に帰るか」

空気を読んだ孝之が、そう言って笑いながら俺の肩にガシッと手を回してくる。

まぁ、そういう理由なら仕方ないかと、今日は久々に孝之と二人で一緒に帰ることになった。

「てことで、善は急げっていうからな！　今週の土曜日、早速どうだ？」

孝之がそう提案すると、その日はみんな予定は空いていたため、早速今週の土曜日にプールへ行くことに決定した。

そして孝之は、「良かったな」と俺の耳元で囁《ささや》きながら、俺の背中をバシッと一回叩いてくる。

まぁ正直、早速しーちゃんとの夏休みの予定が入ったことは嬉しくて、俺は今から土曜日が来るのが楽しみになっていた。


だってそうだろ？

好きな子と一緒にプールに行けるなんて、舞い上がらない方が嘘ってもんだろう。

◇

金曜日。

いよいよやってきた、一学期の終業式。

体育館へ集められた俺達は、最早お馴染みになっている校長先生の長話を延々と聞かされる。

何故校長先生という存在は、全国津々浦々こうも話が長いのだろうか。

そう思える程、それはもう本当に長くて長くて長かった。

それからようやく終業式が終わると、一学期最後のホームルームが手短に済まされ、俺達はついに待ちに待った夏休みへと突入するのであった。

というわけで、実質たった今から夏休みがスタートしたわけだが、明日はプールの約束があるし、孝之はこれから部活があるということで、今日のところは明日に備えて真っ直ぐ帰ることになった。

とりあえず、今日は駅まで孝之を除いた三人で一緒に帰ろうかと話していたところ、しーちゃんが気まずそうに小さく手をあげる。

「その……ごめんね、ちょっとこれから行かないといけないところがありまして……」

困り顔で、これから行くところがあると言うしーちゃん。

何事だろうと思っていると、清水さんはすぐにそれが何かを察したようで、何だか哀れむような表情をしーちゃんに向ける。

「そっか、今日は終業式だもんね……」

「うん、そうなんだ……」

明らかに暗い様子のしーちゃんを、清水さんも困り顔で励ます。

——え？　な、なんだ？　何の話をしてるんですか!?

と、完全に俺だけが話から置いてきぼりになってしまう。

「わたしは孝くんがいるからもうなくなったけど、いくつ？」

「……三つ」

そう言って、困り顔を浮かべながら指を三本立てるしーちゃん。

「うわぁ……何て言うか、さすが紫音ちゃんだね」

その数字に清水さんは、露骨にウンザリとしたリアクションをする。

しかし、俺にはその三が何を指しているのか、そして何がさすがなのかも全く分からなかった。

しかしその反応から察するに、それがあまり良い話ではないことぐらいは俺にも分かった。

「……じゃあ、ごめんね、ちょっとわたし行ってくるよ」

そう言うとしーちゃんは、まるで重たい腰をあげるように立ち上がると、鞄を置いたまま教室から出て行ってしまった。

去り際、俺のことをじっと見てきていたのはきっと気のせいじゃないだろう。

「ほら、一条くん何してるの？　あとを追わないとでしょ？」

「え？」

訳も分からず、そんなしーちゃんの背中を見送っていると、呆れたように清水さんが俺の背中をポンと押す。

どうやらここは、俺もあとを追わないといけない場面らしい。

しかし、それが何故なのかは分からないまま、俺は清水さんに連れられてしーちゃんあとを追ったのであった。

しーちゃんが向かったのは、体育館裏だった。

しーちゃんにバレないように近くまでやってきた俺は、清水さんと一緒にそっと体育館の壁に隠れながら様子を窺う。

するとそこには、しーちゃんより先に三人の男子が来て待っていた。

三人とも、ここへは示し合わせてやって来たわけではないのだろう。

お互いに顔を見合わせながら、居心地悪そうにソワソワとしていた。

よく見ると、その中にはクラスメイトの姿まであった。

「き、来てくれたんだね三枝さん」

待っていた三人のうち、三年生の先輩が代表して、やってきたしーちゃんへ話しかける。

あの人はたしか野球部のエースで、女子からの人気も高い先輩だ。

ついこの間も、カッコイイとクラスの女子達が騒いでいたことを思い出す。

そして呼び出されたしーちゃんは、そんな先輩の言葉に対して黙って頷く。

その様子に、俺も何のために彼らがここにいるのか分かってしまう。

彼らがこれから、しーちゃんに告白するつもりなのだということが——。

思えばこの場所は、ここで告白をした人は成就するなんてうちの高校で言い伝えられている告白スポットなのだ。

そのうえ野球部の先輩以外の二人も、男の俺から見ても普通にイケメンだと思える容姿をしている。

思えば入学早々、色んな人から告白されては断り続けているしーちゃんなのだ。

一学期の終わりにもなれば、告白してくる相手はもうよっぽど自分に自信のある人しか残ってはいないのだろう。

そんな光景を見ていると、心の中にモヤモヤとした感情が生まれていることに気付く。

そしてその心のモヤモヤは、次第に大きく膨らんでいき、俺の心を蝕《むしば》んでいく——。

客観的に見てここにいる三人は、きっと俺なんかより普通にモテるような人達なのだ。

そんな人達に、これからしーちゃんは告白されようとしている。

だからもしかしたら、この中に一人ぐらいしーちゃんの好みのタイプがいないとも限らないわけで——。

彼らの表情は、みんな真剣そのものだった。

これから告白をしようというのだ、当然のことと言えるだろう。

だから、こんなところで覗き見をしている俺こそが、この場において不相応《ふそうおう》なのだろう。

そんな引け目を感じつつ、これから自分の好きな相手が告白されてしまうという現実に、心のモヤモヤは膨らみを増していくのであった——。


このモヤモヤとした感情は、自分でも分かる——不安と恐怖だ。


この結果次第では、もしかしたらしーちゃんを取られてしまうかもしれないということに、俺はただ怯《おび》えているのだ。

思わず、壁を掴む手に力が入ってしまう。

すると、そんな力の入ってしまう俺に気が付いたのか、清水さんは俺の腕を後ろにぐっと引っ張ってくる。

そしてこちらを真っすぐ見ながら、額に向かって「ていっ」と一発チョップをしてきた。

「いてっ！」

「一条くんが、変なことを考えてるみたいだったから。——きっと心配は無用だよ。そのうえで、ここへ連れて来たのはわたしからのお節介。これからどうするかは、一条くんの自由だよ」

心配はいらない。そのうえで、まだここで見ているかどうかは俺の自由だと言う清水さん。

何はともあれ、不安に飲まれそうになっていたところを清水さんに助けられたのは間違いなかった。

おかげで気を取り直した俺は、このままここで引き下がるわけにもいかないため、この結末を見届けることにした。

しーちゃんの前に並ぶ三人が、覚悟を決めるように頷き合う。

そして三人は一斉に、しーちゃんに向かって片手を差し出すと――。

「「「好きですっ！　付き合って下さいっ!!」」」

募る思いを吐き出すように、愛の告白をしたのであった――。

その光景を見て、俺の胸はドキドキと弾けそうになるほど速まってしまう。

さっき清水さんは心配無用と言ってくれたけれど、それでも俺の心のモヤモヤはぶり返していく。

世の中、絶対なんてことはそうそうないのだ。

だからもしかしたら、このまましーちゃんは誰かの手を――そう思うだけで、胸が張り裂けそうだった。

もし、今ここでしーちゃんが誰かの手を取った瞬間、俺のこの恋心は失恋で終わってしまうのだ。

――嫌だ、取られたくないっ！


そんな気持ちが、俺の中で見苦しくも湧き上がってくる。

でも、今こうしてしーちゃんに告白しているこの三人は、ちゃんと自分と向き合い、そしてちゃんとその気持ちを好きな相手に真っすぐ伝えているのだ。

それに対して、俺はどうだろうか……。

これまでズルズルと、気持ちを伝えることもなく引っ張ってしまっている自分が、ただただ意気地無しなだけだということに気付いてしまう。

あんなに近くにいたにもかかわらず、自分が出遅れてしまっているだけの話なのだ。

だから、ここでしーちゃんが誰かの手を取ってしまっても、それは最早仕方のないことなのであった――。

俺の想いを寄せる相手は、学校でも世間でもアイドルで特別な存在なのだ。

だからこそ、これは今日だけじゃなく、いつしーちゃんに対して他の誰かから好意が向けられるかも分からないのに、これまでの俺はそのことを分かっているつもりで、実際にはちっとも分かってなんていなかったんだ――。

誰も寄せ付けないしーちゃんならきっと大丈夫だなんて、本当に自惚《うぬぼ》れもいいところだ。そんなこれまでの甘えた自分を強く戒《いまし》めつつ、今は覚悟を決めてその様子を見守ることにした。

どうか、誰の告白にも応じないで欲しいと、自分勝手にもそう願いながら――。


告白をされたしーちゃんは、下を向いて少し悩むような素振りを見せたが、すぐにすっと顔を上げた。

背中越しに見ているため、しーちゃんが今どんな表情をしているのかは分からない。

そしてしーちゃんは、一歩彼らの方へと近付く。

捉えようによっては、それは誰かの差し出す手を取るためにも思え、ドクンと一度大きく胸が跳ね上がる。

そんな不安を抱きつつ見守っていると、しーちゃんは自分の右手をゆっくりと上げる。


その光景を見て、不安が絶望に変わる。この状況で彼らに向かって手を上げるということは、それはもう誰かの手を取るために他ならないのだから――。

思わず逃げ出しそうになる俺の背中を、小さい手ながらもしっかりと押さえてくる清水さん。

「逃げちゃダメ」

叱るような、そんな清水さんからの真剣な一言。

——確かにそうだ。今ここで逃げたら、きっと余計モヤモヤしてしまうだけだ。

俺はその一言のおかげで、何とか逃げ出さずに最後まで見届ける。

——覚悟を決めろ！　俺!!

しかし無情にも、ゆっくりと上げられるしーちゃんのその右手は……

野球部の先輩の差し出す手を……

……スルーすると、そのましーちゃんの後頭部に当てられる。

そして——、

「えっと、ごめんなさい。わたし、好きな人がいるので」

しーちゃんは、そのまま自分の頭を撫でながら、恥ずかしそうにそう告げるのであった。

そんなしーちゃんの言葉に、三人は放心するように固まってしまっていた。

そして俺は、しーちゃんが彼らからの告白を断ったことに安堵《あんど》したのも束の間、今度はそのしーちゃんの言う好きな人という言葉が気になってしまう――。

それは彼らも同じようで、野球部の先輩が思い切った様子で質問する。

「その相手っていうのは……やっぱり、一条ですか？」

なるほど、一条って奴が怪しいわけか……って、それはもしかしなくても自分のことだろう。

「俺さ、実はこの前の週末に駅前で三枝さんが一条といるところ偶然見ちゃったんだよね。だから早くしないと三枝さんを取られると思って、今日は思いきって告白したんだ」

「……たしかに、クラスでも普通に付き合ってるんじゃないかってぐらい、二人は仲いいから俺も……」

残りの二人も、口々に思っていることを話し出す。

言葉通り彼らは、俺としーちゃん二人の関係を本気で疑っているようだった。

すると、そんな話を黙って聞いていたしーちゃんは、彼らに向かって一言だけ告げるのであった――。

「うーん、たっくんとの仲は、ご想像にお任せしますっ！　それじゃ！」

それだけ告げると、もう話は終わったとばかりにくるりとターンをし、彼らを置いてこちらへ向かって歩きだすしーちゃん。

「それって、もう……」

去り行くしーちゃんの後ろ姿に、何かを察するように野球部の先輩は呟くのであった――。

◇

三人からの告白を断ったしーちゃん。

そのことに安堵しつつも、こちらへ向かって歩いてくるしーちゃんの姿に、俺は慌てて身を引っ込める。

――不味い、隠れなきゃ！

こんな所で覗き見していたことなんて、バレたら絶対に不味い。

そう思っていると、ここへ連れて来た清水さんに手を取られる。

「不味いね、こっち！」

そう言うと清水さんは、そのまま手を引いて近くの渡り廊下に駆け出す。

慌てて俺もついて行くと、間一髪しーちゃんに見つかることはなかったようだ。

「バレてはない、みたいだね」

「一条くん、話合わせて」

清水さんの機転のおかげで、何とか助かったと安堵するのも束の間。

話合わせてって何のことだろうと思っていると、背後から声をかけられる。

「あれ？　たっくん？　と、さくちゃん？」

しーちゃんだった。

それもそのはず、無事見ていたことはバレずに済んだものの、教室へ戻るしーちゃんは必ずここを通るのだった。

そして、こんな所に俺と清水さんが一緒にいることに対して、不思議そうに首を傾げるしーちゃん。

それもそのはず、今ここに俺達が一緒にいる理由なんて、それこそさっき覗き見していたこと以外何もないのだ。

「あ、紫音ちゃん。どうだった？」

「うん、ちゃんと断ってきたよ。……えっと、二人はこんな所でどうしたの？」

「そっか、それなら良かった。えっとね、実はちょっと相談したいことがあって、一条くんに相談に乗って貰ってたの」

そう言うと清水さんは、俺にアイコンタクトを飛ばしてくる。

なるほど、これが先程言っていた話を合わせてねの意味かと納得した俺は、慌ててその話に乗っかる。

「ああ、うん。孝之のことでね」

「あー、なるほど」

孝之のことで相談があったと言うと、しーちゃんは納得するように一度頷いた。

俺の親友の彼女が、その親友のことで相談がある。うん、我ながら自然だ。

「本当ちょっとしたことなんだけど、孝くんに喜んで欲しいなって思って。紫音ちゃんもこれから教室戻るんでしょ？」

「え？　うん、戻るところだよ」

「じゃ、一緒に戻りましょ！」

そう言うと清水さんは、しーちゃんの手を取って歩き出す。

「明日はいよいよプールだね！　紫音ちゃんってば、明日のためにとびきりの水着を選んでたもんね？」

そして清水さんは、ニヤニヤと微笑みながらしーちゃんのことをいじり出す。

「もうっ！　変なこと言わないでよっ!!」

いじられたしーちゃんは、恥ずかしそうに顔を真っ赤にしていた。

そんな、自分達の前では素の表情を見せてくれるしーちゃんの姿を見ながら、俺は一つの覚悟を決める。


――この夏休み中に、必ず思いを伝えよう。


だから、もう少しだけ待っていて欲しい。

その時が来るまで、もう少しだけ――。


そんな思いが伝わったのだろうか、こちらを振り向いてはにかむしーちゃん。

その姿に俺は、ドクンと一度胸を弾ませると共に、出来ることならばこの先もずっと近くでその姿を見ていたいと願わずにはいられないのであった――。

第四章　プール

土曜日。

ついに、約束の日がやってきた。

午前十時、いつもの駅前で待ち合わせた俺達は、そのままバスへと乗り込みプールへと向かう。

そう、今日からいよいよ夏休みが始まったのだ。

しーちゃんと共に過ごせる今回の夏休み、俺は必ずしーちゃんのことを楽しませるんだと強く誓いながら、隣に座るしーちゃんに目を向ける。

すると、そんな俺の視線に気が付いたしーちゃんは「ん？　たっくん？」と不思議そうに首を傾げながらこちらへ顔を向けてくる。

すぐ隣で、くりくりとしたその大きな瞳で見つめられるだけで、俺の胸はドキドキと高鳴り出してくる。

それほどまでに俺は、以前にも増してしーちゃんのことを意識してしまっているのであった——。

十分ちょっとバスに揺られただろうか、目的地であるプールへと到着した。

入り口でチケットを出すと、それから更衣室へ向かうべく男女で分かれた。

「なぁ卓也、桜子はどんな水着だと思う？」

着替えながら、孝之が突然そんな質問をしてきた。

清水さんの水着か――。

清水さんと言えば、色白で小柄なお人形さんみたいな容姿というのがしっくりとくる美少女だ。

そんな清水さんに一番似合うであろう水着は……やっぱりスク水じゃないだろうか。

「だろ？　卓也もやっぱ、スク水だと思うだろ？」

「……いや、俺まだ何も言ってないけど……」

エスパーかよお前と、俺は孝之の新たな可能性を知ってしまった。

「顔見りゃ分かるんだよ。でさ、実際スク水なんて着てくるわけないだろ？」

「そりゃそうだな、まぁ普通にワンピースタイプの水着とか？」

「まぁそうだよなぁ。――うん、サンキューな。あとはもう、大人しく答え合わせを楽しみにしておくとしよう。その点、三枝さんのプロポーションなら、やっぱり確実にあれだろうな」

「ま、まぁ、そうだな。あれだろうな」

それから無言で着替えを済ませた俺達は、最後にガッチリと握手を交わす。

「行こうか、卓也」

「おう、孝之」

多分この時、俺達はここ最近で一番良い顔をしていたと思う。

こうして俺達は、この後訪れる本物の天使達との再会に胸を踊らせながら、急いでプールへと向かったのであった。

◇

俺と孝之は、少し……いや、かなり緊張しながら、二人が来るのを入り口近くで待っていた。

すると、いきなり周囲の男性達がざわつき出す。

その反応に気付いた俺達は、引きずられるように慌てて女性更衣室の入り口の方へと目を向けた。

するとそこには、更衣室から出てきた二人の姿があり、やはり先程のざわつきは二人が現れたことによるものであった。

それもそのはず、うちの高校の二大美女の水着姿なのだ。

同年代の異性が見て、反応しない方が正直可笑しいってもんだ。


まずは、しーちゃんから。

昨日清水さんが言っていた「とびきりの水着を選んだ」の一言が、正直ずっと忘れられなかったのだが、しーちゃんの姿を見て俺はようやくその意味を理解した。

胸元にフリルの付いたピンク色のビキニを着ており、可愛らしい感じでとてもよく似合っていた。

そんなしーちゃんは、水着で露出が多い分、そのスラリと伸びた美しい足が一際強調されており、最早一つの完成形とも言える美貌を全開に解き放っていた。

当然、周囲に自分がエンジェルガールズのしおりんだとバレるわけにはいかないため、今もお馴染みの大きな丸縁のサングラスをかけて変装はしている。

しかし、もうここまでくると、それがしおりんかしおりんじゃないかなんて問題ではなく、周囲とは明らかにレベルの異なる美少女が突然現れたことで、既に周りからの視線はしーちゃんへと釘付けになってしまっているのであった。

そしてそれは、しーちゃんだけでなく清水さんも同様だった。

更衣室から出てきた清水さんの姿を見て、孝之の顔が一気に真っ赤に染まっていくのが分かった。

だが、それも無理はない。

清水さんは俺達の予想に反して、なんと黒のシンプルなビキニを選んできたのである。

その艶やかなロングの黒髪に黒いビキニ、そしてしーちゃん以上に真っ白とも言えるような白い肌とのコントラスト。

そんな清水さんもまた、しーちゃん同様に見る者の視線を釘付けにしてしまっているのであった。

そして一瞬にしてこの場のアイドルと化した二人は、少し恥ずかしそうに手を振りながら、俺達の元へと駆け寄ってくる。

もう二人とはそれなりに長い付き合いになると思っていたけれど、俺も孝之も改めて二人の持つポテンシャルの高さを理解し、そして戸惑ってしまう。

二人とも、ヤバすぎる――。

陳腐《ちんぷ》な感想ながら、もう完全にこの一言に尽きる程、二人はとにかくヤバすぎるのだ。

「……な、なぁ卓也」

「……なんだ孝之」

「……やべぇな」

「……あぁ、やべぇ」

あまりに特別で眩《まばゆ》い二人を前に、やっぱりやべぇしか言えない俺達だった。


「ごめんね、お待たせ」

「お待たせしました」

俺達に見られるのが恥ずかしいのか、モジモジとしながら二人が声をかけてくる。

「い、いやいや、全然待ってねぇよ！　なぁ卓也！」

「あ、あぁ孝之！　もちろん！　じゃ、じゃあここにいると目立つし、い、行こっか！」

恥ずかしがる女子と、緊張でガチガチになる男子。

そんな、互いにぎこちなさ全開になってしまった俺達は、とりあえずここにいても目立ってしまっているため、比較的空いているプールへと向かうことにした。

「それっ！」

「きゃ！　冷たいってば！」

そしてプールへ到着するや否や、水を掛け合って遊びだす孝之と清水さん。

二人はもう既に付き合っているため、そうして自然に二人で遊びだす。

しかしそうなると、必然的に俺はしーちゃんと二人きりになるわけで、どうしたものかと思いながらとりあえず俺はプールサイドに座って足だけ水につけてみる。

するとしーちゃんも、そんな俺の隣に座って一緒に足だけ水につけた。

「わっ！　結構冷たいねっ！」

「そ、そうだねっ！」

隣で足をパタパタさせながら、楽しそうに微笑むしーちゃん。

しかし俺は、すぐ隣に水着姿のしーちゃんがいることで、一瞬にしてドキドキがＭＡＸに達してしまう。

揺れる髪から漂うシャンプーの香り、そして水着姿というそのあまりにも刺激の強い格好に、俺はもう平静を保つのもギリギリな状態だった。

「……ねぇ、たっくん？」

「な、なに？」

「今日のわたし……ど、どうかな……？」

恥ずかしそうに頬を赤らめながら、しーちゃんはそんなことを聞いてくる。

今日のわたし、どうかなって……それはつまり、しーちゃんの水着姿のことを指していると見て間違いないだろう。

だから俺は、ここはしっかりと言葉にする場面だと腹を括《くく》る。

「正直、めちゃくちゃ可愛いよ……だから、今は絶賛目のやり場に困っているところです……」

「そ、そっか……えへへ」

俺はそっぽを向きながらも、今思っていることを正直に答えた。

すると、そんな俺の下手くそな感想にも、しーちゃんは嬉しそうに微笑んでくれた。

そして、かけているサングラスを外して頭の上に乗せると、ピースをしながらニッと笑う。

「じゃあ、思いきって着てきた甲斐があったかな」

「えっ？」

その言葉に、俺は驚いてしーちゃんの方を振り向く。

しかしその瞬間、しーちゃんはそんな俺の背中を「えいっ！」と言って押してきたため、そのまま俺はプールに落とされてしまった。

「さ、たっくんも遊ぼうっ！　それっ！」

一緒にプールへと入ってきたしーちゃんは、楽しそうに俺の顔めがけて水をかけてきた。

そんなしーちゃんのおかげで、俺もさっきまで感じていた緊張が一気に解《ほぐ》れた。

せっかく一緒にプールへ来たのだし、全力で楽しまないと損だなと思い直した俺は、もう恥ずかしがるのは止めにした。

「やったな！　それ！」

「キャ！　たっくん冷たいよー！」

それから俺達は、暫く水かけ合戦を全力で楽しんだ。

それはまるで、小学生のあの頃に戻ったかのように——。


暫くプールで遊んだ俺達は、空いていたテーブル席でちょっと休憩することにした。

こうして落ち着いてしまうと、相変わらず目のやり場にはちょっと困ってしまうのだが、
それでも最初の頃よりは普通に会話出来ているし随分とマシになった。

「お、もう良い時間だな。卓也、なんか買ってこようぜ！」

孝之の言葉につられて、俺も時計を見る。

すると、早いものでもう十二時半を少し過ぎていた。

たしかにお昼時だから、売店で何か買ってくるには丁度良い頃合いだった。


——でも孝之、お前は何も分かってないな。

——それではダメなんだよ。全然ダメ。不合格。


だから俺は、何も分かっていない孝之に違う案を出す。

「いや、ここは孝之と俺でジャンケンしよう。孝之が負けたら清水さんと、俺が負けたら

しーちゃんと買いに行く、それでいいか？」

「いや、マジか卓也……ここは男が率先してだな……」

「孝之、お前こそ何も分かっちゃいない。いいか？　俺とお前で買いに行ったら、その間この二人をここに置いていくことになるんだぞ？」

そこまで説明すると、ようやく孝之も俺が言いたいことを理解したようだった。

そう、こんな人がうじゃうじゃいるこのプールで、この美少女二人を置き去りにしたらどうなるか。

ほんの一瞬でも目を離せば、きっとナンパされるのがラブコメとかでよくある定番の流れなのだ。

そんなお決まりのシチュエーションに、この二人を易々《やすやす》と晒すわけにはいかないだろって話なのだ。

そんなものは、創作上の物語の中だけで十分だ。

だから俺は、全力でフラグをへし折って行く！

というわけで、ここでしっかりとフラグをへし折った結果、俺は孝之とのジャンケンに負けて、一度更衣室に財布を取りに行くことになってしまったのであった。

「あ、たっくん！　わたしもついて行――」

「駄目。しーちゃんはここで座ってて」

そんな俺に気を使ったしーちゃんが、一緒について来ようとする。

しかし、ここでも俺はきっぱりと即答で断った。

理由はもちろん、次のフラグをへし折るためだ。

俺には見えるのだ――。

俺が更衣室へ財布を取りに行っている間、まるで一人になった瞬間を狙っていたかのようにしーちゃんがチャラそうな男にナンパされている姿が！


――どうだ！　フラグをへし折ってやったぞ!?　まだ見ぬチャラ男どもよっ!!

ハッハッハッ！　と、勝利を確信して笑っていると、もういいから早く行ってくれと孝之に背中を押されて、俺は渋々財布を取りに更衣室へ向かったのであった。


俺と孝之はカレーライス、そしてしーちゃんと清水さんはたこ焼きを頼んで、俺達四人は仲良く昼食を取ることにした。

「たしかに卓也の言う通りだったわ、俺が隣にいても周りからの視線がすげーのなんの」

「だろ？　危《あや》うくラノベのトラブル展開を巻き起こすところだったんだから、今後は気を付けるのだよ孝之くん」

そう俺が偉《えら》ぶって言うと、孝之はやれやれと呆れ、そんな俺達のやり取りにしーちゃんと清水さんも笑ってくれた。

まぁ、これだけ気を張っていれば大丈夫だろうと、ようやく安堵した俺はカレーを一口食べて味を楽しんだところで、とんでもないミスを犯してしまっていることに気が付く――。

――いやいや、何を俺は自ら分かりやすくフラグを立てているんだ？

このタイミングで安心するなんて、それこそよくあるフラグの代表格じゃないかと一人焦っていると――、

「ねぇ君、エンジェルガールズのしおりんだよね？」

同年代ぐらいのチャラそうな男二人組に、いきなり声をかけられてしまったのであった。

同じテーブルに俺達がいるにもかかわらず、二人はしーちゃんのことしか見えていないようであった。

「やっぱそうだよね!?　絶対そうだ！　うっわ！　俺凄いファンだったん――」

「違いますよっ！」

「え？　いやいや、だって――」

「違いますっ！」

「いや――」

「違いますっ!!」

「あぁ……その、なんか、お邪魔したみたいで……お、おい、行こうぜ……」

だが俺の心配を余所《よそ》に、しーちゃんはいつものパワープレーで難なく切り抜けてしまったのであった。

俺が要らない気を回すよりも、何を言われても全否定をするしーちゃんの圧の方がよっぽど有効だったなと、そんな相変わらずなしーちゃんを見ながら俺達は一様に苦笑いを浮かべた。

当の本人はというと、なんでみんなが笑っているのか分からないというように、キョトンとした表情で小首をかしげているのであった――。

◇

食事を終えた俺達は、せっかくだからウォータースライダーで遊ぼうということで、四人で待機の列に並ぶことにした。

しかしそうなると、当然サングラスをしたまま滑ることは出来ないため、俺の財布と一緒にしーちゃんのサングラスを近くのロッカーへと預けている。

その結果、改めてその素顔を晒したしーちゃんの弾けるような笑顔に、俺は瞳を吸い寄せられるように釘付けになってしまうのであった。

だが幸い、さっきは何とか切り抜けたものの、こんな地方のプールで芸能人を探そうとする人なんていないのが普通なのだ。

一応、俺や孝之の影に隠れる位置に立っていることもあり、周囲にしーちゃんの存在はバレてはいないようだった。

そんなしーちゃんはというと、実はウォータースライダーを滑るのはこれが初めてなんだと、それはもう可愛くはしゃいでいた。

そんな嬉しそうにはしゃぐしーちゃんを見ていると、早速この夏、初めての経験をさせてあげられることに俺は満足する。

そして、列は進みいよいよ俺達の滑る番となった。

「じゃ、俺は桜子と滑るから宜しくっ！」

どうやって滑るか相談する間もなく、そう言って孝之は俺の背中をパチンと一回叩くと、そのまま清水さんと一緒にさっさと滑っていってしまった。

その結果、二人残された俺としーちゃんは、互いにキョトンと顔を見合わせる。

「え、えっと……一人じゃ不安だから……たっくんと一緒に滑りたいな……」

「う、うん……もちろん……」

頬を赤く染めながら、もじもじとそんなお願いをしてくるしーちゃん。

だから俺は、気合を入れてそんなしーちゃんの手を取ると、さっきの孝之達と同じように俺が後ろから支える形で一緒に浮き輪に乗り、そのまま一気に滑り降りた。

結構なスピードで滑り落ちるスリルを感じながら、しーちゃんは楽しそうに声を上げる。

そんな風に、無邪気に今を楽しんでくれていることに喜びを感じながら、俺も一緒に今を楽しんだ。

だから、時折視界に入ってくる揺れ動くある一点に思わず目を奪われてしまっているなんてことは、断じてないったらないのである。

それから俺達は、夕方になるまで一日中プールで遊び尽くした。

やっぱり素顔では目立ってしまうだろうと、再びサングラスをしたまま遊ぶしかなかったのがちょっと残念だったが、それでもしーちゃんはずっとニコニコと楽しそうにしてくれていたので良かった。

色々な施設が用意されている中でも、どうやらしーちゃんは流れるプールが特に気に入ったようで、最後は一人でずーっと水に流されていた。

それはもう、無心でずーっとだ。

気持ちよさそうに水にスイーっと流されているその姿は、ただただゆる可愛かった。

こうして俺達は、今日一日全力で楽しんでプールをあとにした。

それからバス停でバスがやってくるのを待っていると、一気に全身が疲労感に襲われる。

それは俺だけではなく、どうやら他の三人も同じようだった。

まぁそれだけみんな夢中で一日遊び尽くしたのだ、こうなるのも仕方ないだろう。

「この後どうする？　まっすぐ帰るか？」

ぐでっとバス停のベンチに腰掛けながら、孝之が聞いてくる。

いつもなら、これから何かするのも全然ありなのだが、今はプールで体力を使い果たしてしまっているため、孝之も敢えて聞いてきているのだろう。

「……わたしは、もうちょっと遊びたいな。あ、ほら、夏休みも始まったばっかりなんだしさ！」

なんとなく今日はこのまま解散する空気が漂っている中で、しーちゃんだけはまだ遊びたいと言ってきた。

だから俺は、その言葉を受けて気合を入れる。

まぁ正直疲れてはいるのだが、それでもまだ遊びたいとしーちゃんが言ってくれているのだ。

だったらもう、ここは最後まで付き合わないと男が廃るってもんだ。

孝之も清水さんも、しーちゃんがそう言うならって感じで頷いてくれたため、もうちょっと遊んでいこうかということになった。

「しーちゃんは、何かしたいこととか、行きたいところある？」

「……わたしね、友達とファミレスに行ってみたいなぁって」

なるほど、ファミレスか。

そういえば、しーちゃんはハンバーガーショップも行ったことなかったんだっけ。

だったらきっと、このファミレスへ行くというのも、しーちゃんの中の『やってみたいことリスト』のうちの一つなのだろう。

そんなしーちゃんのお願いなら、叶えてあげるしかない。

時間も夕飯時だし、今日は一日動いてお腹も空いているため、それなら丁度いいねと俺達は駅前のファミレスへ寄っていくことにした。

◇

ファミレスへ到着した俺達は、四人にしては広めのボックス席へ案内される。

それから一緒にメニュー表を見ながら、各々食べたいものを選ぶ。

俺と孝之は、今日は沢山動いたからと奮発して仲良くステーキ定食を選び、清水さんはあっさりしたものが良いかなとサラダパスタを選んだ。

そしてしーちゃんはというと、楽しそうにメニュー表と最後まで睨《にら》めっこをした結果、パンケーキを注文した。

「え、しーちゃんパンケーキでいいの？」

「うん！　最近の好物なの！」

まさかのいきなりのデザートに驚いたが、どうやらしーちゃんは最近パンケーキにハマっているらしい。

それはもちろん、以前俺と行ったパンケーキ屋さんがキッカケなのは間違いないだろう。

俺はつい、コンビニでのしーちゃんのカフェデッキのことを思い出してしまい笑ってしまう。

するとしーちゃんは、そんな一人でクスクス笑う俺を見て、一緒に楽しそうにニコニコと微笑んでいた。

――えっ、なにこの可愛い生物っ！

それから俺達は、今日の思い出話とかこの夏休みの予定などなど、他愛のない会話をしながら一緒に食事を楽しんだ。

そして、そろそろ良い時間だし帰ろうかという頃、俺はしーちゃんが自分のスマホを見ながら、珍しく驚くような表情を浮かべていることに気が付いた。

「しーちゃん？　どうかした？」

「あ、ううん！　なんでもないんだけど、ちょっと待っててね」

そう言うとしーちゃんは、そのままスマホを片手に席を立つ。

「ん？　なんだ、どうした？」

「一条くん、何か聞いてる？」

そんなしーちゃんに、孝之も清水さんも何事だろうと気になっている様子だった。

スマホを見て驚いていた感じだったし、何かトラブルとかじゃないといいけど……と思いながら、俺達はしーちゃんが戻ってくるのを待つことにした。

それから十分ぐらい経っただろうか、ちょっと困った様子のしーちゃんが席へと戻ってきた。

一体何があったのだろうと、俺だけじゃなく孝之も清水さんも、そんな困り顔のしーちゃんのことを心配する。

「……紫音ちゃん、えっと、何かあった？」

代表して、清水さんが優しく問いかける。

すると、そんな清水さんの言葉に、しーちゃんは黙って頷いた。

やっぱり何かあったんだなと、俺達はそんなしーちゃんの次の言葉を待った。

「今からここに来るって聞かなくて……」

「えっと、誰がかな？」

ここに来るって、誰が？

「……あかりんと、ゆいちゃん」

「「「へっ？」」」

しーちゃんのまさかの一言に、俺達は全く同じタイミングで変な声を上げてしまう。

あかりんとは、あの『あかりん』のことで恐らく間違いないだろう。

つまりは、エンジェルガールズのリーダーであるあかりんが、今からこのファミレスへ来るということ!?

「も、もしかしてだけど、ゆいちゃんって、DDGの……?」

「うん、そうだよ」

恐る恐る質問する孝之に、しーちゃんは困り顔で答える。

「二人とも、たまたま今日は休みが合ったからサプライズで来ちゃったって……。でも、わたしは今ファミレスにいるからすぐには無理だよって言ってるのに、だったらそのファミレスに行くよって二人とも面白がって聞かなくて……。だから、その……みんなには申し訳ないんだけどね、ちょっとだけ二人も一緒していいかな?」

申し訳なさそうに、二人もここへ合流しても大丈夫かなと聞いてくるしーちゃん。

きっとしーちゃん的には、いきなり知り合いが来ちゃうみたいだから一緒していいかな? という感覚の話なのだろうが、俺達にとっては全くもってそんな感覚で済ませられる話ではなかった。

普段テレビで観ている、テレビの向こう側にいる二人が、これからこのファミレスへ来るなんて、ただの冗談レベルで有り得ない話だった。

けれど、同じくエンジェルガールズのメンバーだったしーちゃんが言うなら、そんな嘘みたいな話も全く嘘には聞こえないのであった——。

◇

「あ、いたいた！　ヤッホーしおりん」

「おや？　楽しんでるところ、申し訳ないねぇ」

俺達に向かって、気軽に声をかけてくる二つの声。

その声に、しーちゃん以外の俺達が恐る恐る振り向くと、そこにはしーちゃんとはタイプが違う美少女が二人立っていた。

一人は、小柄ながらも一目見ただけでそれがとんでもない美少女だと分かる女性。

そしてもう一人は、スラリと背が高く、長いサラサラとした黒髪は艶やかで美しい、可愛いと言うよりはキレイという言葉がしっくりくる女性。

二人とも、帽子やマスクでその素顔を隠してはいるのだが、それでも彼女達は一般人とは異なるオーラを放っているのであった。

こうして本当に、エンジェルガールズのリーダーであるあかりんと、ＤＤＧのボーカルを務めるＹＵＩちゃんが、このファミレスへとやってきてしまったのであった。

◇

しーちゃんの言う通り、本当にファミレスへとやってきたあかりんとＹＵＩちゃん。

現役の、しかも超が付くほどの有名人の二人が現れたことに、俺達は軽くパニック状態になってしまう。

「ちょっと失礼するよー」

だが、そんな驚く俺達を他所に、そう言いながら普通に孝之の隣に座るＹＵＩちゃん。

その結果孝之は、現在彼女である美少女清水さんと、元々大が付くほどのファンであるＤＤＧのボーカルＹＵＩちゃんに挟《はさ》まれて座るというとんでもない状況に陥っていた。

当の孝之はというと、嬉しいような緊張しているような、それでいて清水さんの様子も気にしており、孝之とはこれまで本当に長い付き合いになるが、一度も見せたことのないような絶妙な表情を浮かべていた。

清水さんも、孝之がＤＤＧのファンであることは知っているのだろう。

まさか、本物のＹＵＩちゃんが自分の彼氏の隣に現れるなんて普通は思いもしないため、驚きながらも警戒するような、これまた絶妙な表情を浮かべていた。

そんな中、ＹＵＩちゃんはというと、そんな自分のことをジロジロと見てくる清水さんに気が付くと、「あっれー？　よく見ると紫音ばりに可愛いね君！」と面白そうに清水さんのことを見て笑っているのであった。

そんな無自覚なＹＵＩちゃんの言葉に、清水さんは照れながら顔を真っ赤にする。

そして何より、そんなやり取りに挟まれてしまった孝之は、やっぱり何とも言えない絶妙な表情を浮かべながらも、ハハハと合わせて笑っているのであった。

──なんだこれ、カオスすぎる。

そしてそのカオスは、生憎《あいにく》こちらも同じだった。

「隣、失礼するね」

そう言ってあかりんが、俺の隣の席に座ったのである。

向かいの空いた席にＹＵＩちゃんが座ったのであれば、当然あかりんは残りのこちらの席に座ることになる。

その結果、俺は俺でエンジェルガールズに挟まれて座るという、自分でもよく分からない状況に陥ってしまっているのであった。

「フフ、しおりんとわたしに挟まれた気持ちはどう？」

そしてあかりんは、俺の反応を察したのか何なのか図星を突いてくる。

人をいじるように、ニヤリと微笑みながら肘《ひじ》で俺のことをツンツンと突いてくる。

そんな、あかりんとＹＵＩちゃん二人の有名人を前に、早速俺達はたじたじとさせられてしまうのであった。

「あかりん、たっくんをからかわないで。ＹＵＩちゃんもだよ」

だがそれまで黙っていたしーちゃんが、そんな二人に対してぴしゃりと釘を刺す。

そう、この場でしーちゃんだけは、あかりんとＹＵＩちゃんの二人を前にしても動じず、当たり前のような物言いが出来るのであった。

そんなしーちゃんの圧を前に、二人はゴメンゴメンと謝りながら苦笑いを浮かべる。


「ふーん、でもそっか、やっぱり君が噂のたっくんだったか」


だが引いたのも束の間、そう言ってあかりんは俺のことを面白そうに見てくる。

それはＹＵＩちゃんも同じで、どうやら二人は俺のことを既に知っているようだった。

当然、それはしーちゃんから俺のことを何か聞いているからに他ならないため、俺はどうしてだろうと思いながらしーちゃんの方を向いた。

するとしーちゃんは、露骨に困ったような、何とも言えない表情を浮かべていた。

口をきゅっと結びながら、冷や汗をかいている様子のしーちゃん。

そして俺の視線に気が付くと、あわあわと慌てて手を振りながら『知らないよ？』というように謎の誤魔化しをしてくる。

しかし残念ながら、俺はまだ何も言っていない。

そのうえ、あかりんが俺のことを知っているのは、残念ながら出所はしーちゃんしか有り得ないのだけれど……。

そのことには、すぐにしーちゃんも気付いたのだろう。

あかりんとＹＵＩちゃん二人に向かって、今度は非難するような視線を向ける。

それはまるで、もう余計なことは絶対言わないでよと釘を刺すような、さっきとは比べ物にならないその視線の圧に、あかりんとＹＵＩちゃんは慌ててコクコクと頷く。

そんな彼女達のやり取りに、何だかほっとしている自分がいた。

この間まで、アイドル業界の第一線で活躍していたしーちゃんは、どうしてもクラスの中では特別な存在としてみんなとの距離が出来てしまっているのだ。

けれど、同じ芸能人である二人となら、こんな風に普通の友達として接しているところを見られて、安心というか良かったという気持ちになった。

二人に平謝りされながら、不機嫌そうにそっぽを向いて膨れているしーちゃんだが、その表情はやっぱりどこか楽しそうなのであった。


「え？　たっくん、映画観てくれたの？」

それから暫く、俺達はあかりんとＹＵＩちゃんの二人を交えて会話を楽しんだ。

その中で、この間しーちゃんと一緒にあかりんの映画を観に行ったことをぽろっと口にすると、あかりんは満面の笑みで喜んでくれた。

それは、先ほどまでの俺を揶揄《からか》うような感じではなく、純粋に女優として、自分の出演した作品を観てくれたことを喜んでいるといった感じだった。

そして、あかりんからどうだったかと感想を聞かれた俺は、まさか主演女優本人に直接感想を言う機会が訪れるなんてなと思いながら、素直に感じたままを答える。

「めちゃくちゃ面白かったです。主人公とヒロインの距離感がもどかしくて、正直泣きそうになりました」

「そっか、ありがと！　でもそれってつまり、泣いてはくれなかったってこと？」

ニヤリと笑みを浮かべながら、痛いところを突いてくるあかりん。

泣きそうになったというのは、隣にしーちゃんがいたから泣くわけにはいかなかっただけで、一人で観ていたら多分泣いていたわけで……。

「なんてね、嘘だよありがとう。あの作品はね、原作が本当に素敵だから、わたしはその良さを出来るだけみんなに伝えなくちゃって思いながら、やれる限り頑張ったんだ。だから、そういう生の声を聞けるのはとても嬉しいわ」

ありがとうと、本当に嬉しそうに微笑むあかりんの姿は、映画の中で見た笑顔と同じでとても美しかった。

その微笑みを前に、思わず見惚《みと》れてしまっていると、隣に座るしーちゃんが俺のことを肘でツンツンと突いてくる。

はっとした俺が慌てて振り向くと、そこには不満そうな表情をしながら頬っぺたをぷっくりと膨らませているしーちゃんの姿があった。

「あら、しおりん？　もしかして、しっ――」

「あ　か　り　ん　？　」

あかりんが何か言いかけると、しーちゃんは本日最大級の圧をもって制する。

その圧は、完全に相手に有無を言わせない雰囲気を漂わせており、何かを言いかけていたあかりんだったが、「ご、ごめんね？」とちょっと青ざめながら平謝りしていた。

そして、そんな二人のやり取りに手を叩きながら爆笑していたＹＵＩちゃんもまた、しーちゃんに睨まれるとその圧に屈して黙り込んでしまうのであった。

◇

「それじゃ、そろそろ行こっか」

あかりんの言葉に、ＹＵＩちゃんも頷く。

時計を見ると、たしかにもう良い時間だった。

今日はプールで沢山遊んだこともあり、みんなどこか疲れが出てきたところを察してくれたようだった。

それでも、こんな現役で活躍する二人と過ごす時間が終わってしまうのは、名残惜しくて残念な気持ちになってきてしまう――。

特に孝之はと言えば、元々ＹＵＩちゃんの大ファンなのだ。

その落胆っぷりは、俺の目から見ても分かりやすかった。

そんな孝之に対して、隣の清水さんがちょっと呆れたような視線を送っているのだが、これでお別れなのが寂しいというのはどうやら清水さんも同じみたいだった。

すると、そんな落胆する孝之に気が付いたＹＵＩちゃんは、孝之の肩をポンと叩く。

「次のライブチケット、紫音経由で二人にあげるから、遊びにおいでよ」

そう言ってＹＵＩちゃんは、ニッと笑いながら落ち込む孝之を元気付けてくれた。

その言葉に、途端に元気になった孝之は「マジ⁉　絶対行くよ！　なぁ桜子‼」と興奮して清水さんの方を振り向く。

そんな孝之に若干引きつつも、清水さんからしてみてもせっかく今日仲良くなったＹＵＩちゃんのライブなら行きたいと、最終的には嬉しそうに一緒に微笑んでいた。

「てことで、しおりん行くよ」

そう言って、立ち上がるあかりんとＹＵＩちゃん。

――え？　しーちゃんも？

そう思って俺が隣を向くと、仕方ないなという顔をしながらしーちゃんも一緒に立ち上がる。

「ごめんね。この二人、今日はこれからわたしの家に泊まるの」
マ、マジですか……。
まさかこの町で、エンジェルガールズのあかりんとしおりん、そしてＤＤＧのＹＵＩちゃんが一緒にお泊り会をしているなんて、誰も思いやしないだろうな……。

そんなお泊り会が気になりつつも、いきなり二人が泊まることに対して、親御さん含め色々と大丈夫なのかななんて思っていると、そんな俺の考えを見透かすようにＹＵＩちゃんが笑った。

「あれ？　聞いてない？　しおりんは今、一人暮らししてるんだよ？」

「「「えっ？」」」

平然と、衝撃の事実を口にするあかりん。

なんとなく、これまで家のこととか聞いてこなかった自分達も悪いのだが、まだ高校生なのに一人暮らしをしているということに、俺達は全員驚きを隠せなかった。

聞くと、両親は仕事で忙しいこともあり、家にはいないことが多いらしい。

だから、おばあちゃんのいるこの町ならと、かなり無理を言って一人暮らしを許可して貰えたとのことだった。

元々アイドル時代に稼いだ貯蓄もあるため、家賃と学費等々はそこから切り崩しながら遣り繰りをしているらしい。

もちろん、今住んでいるところはセキュリティーのしっかりとしたマンションで、両親も仕事が休みの時には顔を出してくれるから、実質家にいる時と会う頻度はあまり変わらないのだそうだ。

そしてそれは、俺の自惚れじゃなければ、しーちゃんは俺がいるからこの町へやってきてくれたということなのだろうか……？

そう思えるだけで、色々驚きはしたものの、最終的にはそんなしーちゃんに対して感謝の気持ちしかなかった。

というわけで、そんな衝撃の事実を聞かされた俺達は、先にしーちゃん達三人をファミレスで見送った。

「いやぁ……いきなりYUIちゃんとあかりんって、マジで驚いたわ」

「だな……でも良かったな孝之、憧れのYUIちゃんと話せて」

「あぁ！　本当だぜ！　……なんて、えーっと、たしかにファンではあるけど、異性として見ているわけではないっていうか、その、俺が好きなのは桜子だけみたいな、ハハハ」

盛り上がる俺達のことを、冷めた目つきで見てくる清水さん。

その視線に気が付いた孝之は、顔を青ざめさせながら必死に笑って誤魔化そうとするが、そんな分かりやすくたじたじになる孝之が面白くて、俺も清水さんも思わず笑ってしまう。

「ごめんね孝くん、冗談だよ。怒ってないよ」

「そ、そうか？　良かったぁ……」

笑いながら謝る清水さんに、心底ほっとした様子で安堵する孝之はやっぱり可笑しくて、また一緒に笑い合ったのであった。

◇

ファミレスで解散した後、俺は帰宅するとすぐにシャワーを浴び、それから自分の部屋のベッドに大の字に寝転んだ。

今日は本当に色々あり過ぎたなと、今日あったことを思い出しながらニヤついてしまう。

その新たな思い出の全て、どこを切り取っても俺の隣にはしーちゃんがいてくれた。

時に可愛く、そして時に挙動不審で面白いしーちゃんのことが、俺は今日一日で益々好きになってしまっていた。

いつだって新しい顔を見せてくれるしーちゃんには、まだまだ未知数な部分があるというか、俺はこれからも今日みたいに驚かされ続けるんだろうなと思うと、そんなしーちゃんとのこれからにワクワクせずにはいられなかった。


――ピコン。


そんなことを考えながら横になっていると、枕元に放り投げてあったスマホからＬｉｍｅの通知音が聞こえてくる。

すぐにスマホを手にして確認すると、それはたった今考えていたしーちゃんからのＬｉｍｅだった。

しかもそれは、メッセージではなく何故か画像ファイルだった。


――ん？　なんだこれ？　今日はしーちゃん、あかりんとＹＵＩちゃんの二人を家に泊めてるんだよな？

それなのに、一体このタイミングで何だろう？

不思議に思いながら俺は、その送られてきた画像を確認する。

するとそれは、俺の予想の斜め上をいく画像過ぎて、俺は思わず吹き出してしまう。

何故ならその写真には、パジャマ姿のしーちゃんが、それはもう幸せそうな表情を浮かべながら眠っている微笑ましい姿が写っていたのだ。

そしてその両サイドでは、そんなしーちゃんのことをあかりんとＹＵＩちゃんが悪戯するように見守っているという、何とも可愛くも楽しそうな自撮り写真なのであった。

どうやら二人は、寝ているしーちゃんのスマホを勝手に使って写真を送ってきたようだ。

今日は一日中、ずっと一緒に遊んでいたのだ。

きっと疲れて眠ってしまったんだろうなと思うと、幸せそうに眠っているしーちゃんの姿も堪らなく愛おしく感じられてしまう。

それに、これはオマケと言うには余りにも贅沢《ぜいたく》すぎるのだが、プライベートのあかりんとＹＵＩちゃんの写った画像というのも嬉しかった。

でも、言うことはちゃんと言っておかないと不味いよなと、俺はメッセージを返す。

『大変可愛らしいですが、人のスマホを勝手に扱うのは不味いですよ！　でも、画像は本当にありがとう！　家宝にします！』

日に日に増えていく、家宝という名のしーちゃん画像シリーズ。

同じ画像が三枚ずつ、綺麗に並べられている宝物フォルダを眺めていると、すぐにＬｉ

ｍｅの返信が返ってきた。

『違う違う、しおりんが三人の写真送ってって言い出したのよ。そしたらこの子、そのまま寝ちゃって面白かったから、これはたっくんへのサービスショットだよ！　こんなしおりんだけど、これからもどうぞよろしくね！』

その返信に、自分から言い出したなら仕方ないかと俺は思わず笑ってしまう。

それに、そんな風にしーちゃんを支えてくれている二人のことが、俺は素直に嬉しくなってくる。

――いい友達をもったね、しーちゃん。

そんな喜びを感じつつ、俺も今日一日遊び尽くした疲労が一気に押し寄せてきて、この日はそのまま眠りに落ちていたのであった。

そして次の日目覚めると、

『おはようたっくん！　昨晩送られた画像見た⁉　たしかに昨日は自分から言い出したんだけど、あれは眠たい頭でついノリで言ってしまったからと申しますか、写真の写り悪いし恥ずかしいから、やっぱりナシで！』

と、しーちゃんからの長文のＬｉｍｅが届いていた。

俺は寝起きの目を擦《こす》りながらも、そんな朝から慌てた様子のしーちゃんのＬｉｍｅが可愛くて、つい笑ってしまう。

だから俺は、そんなしーちゃんに一言返信する。

『変なことないし、可愛いと思います』

そんな素直な俺の感想のおかげだろうか。

目がハートマークになった、恥ずかしがるしおりんスタンプが送られてきたのであった。

第五章　三か条

夏休み二日目。

俺はこの夏休み、色々とやりたいことが正直山積みになっている。

その中でもやっぱり一番に優先したいのは、しーちゃんと過ごす時間だった。

あの頃果たせなかった約束を、今年の夏こそ叶えたい。

そしてこの夏、やっぱりあの頃から変わってなんていなかった自分の気持ちを、ちゃんとしーちゃんに伝えたいと思っている。

そう決心している俺は、まずは『しーちゃんに相応《ふさわ》しい男になるための三か条』というものを掲げていたりする。

一つ。自分に自信を持て——。

まずは、人に見られても恥ずかしくない行動を常に心掛け、胸を張ってしーちゃんの隣に立てる男になるべし！

二つ。勉学を怠るな――。

しーちゃんのようにとはいかなくとも、少なくとも学年上位を常にキープし、その差を少しでも埋められるように努力すべし！（そしてあわよくば、将来同じ大学に進学すべし！）


三つ。容姿に気を使え――。

しーちゃんは、可愛いだけじゃないのだ。

普段から、とても同い年とは思えないぐらいとにかく常にオシャレなのだ。

そんなしーちゃんの隣に立てる男になりたいのならば、それに相応しいぐらいちゃんと容姿に気を使うべし！


以上が、俺の掲げている三か条である。

まぁ、他の人から見たら当たり前なのかもしれない。

でも、そんな当たり前なことすらもまだまだだと思える自分だからこそ、今年の夏はこの三か条を常に胸に抱きながら、自分磨きをすることに決めているのだ。

もしかしたら――いや、きっともしかしなくても、こんな程度で追いつけるほど簡単な道ではないのかもしれない。

けれど、少なくとも行動しなければ前には進めないし、何か行動していなければネガティブな思考が常に付き纏《まと》ってしまうのだ。

だから俺は、まずはこの三か条を胸に、自己改善に取り組んでいるのであった。

じゃあ、そのうえで何から始めるのかって？　それはもちろん、まずは形から入るのが一番分かりやすいだろう――。

◇

俺は午前中のうちに家を出ると、それから電車に乗り込んだ。

目的地は地元から遠く離れているため、俺はイヤホンで曲を聞きながら気長に電車に揺られ続けた。

イヤホンから流れる音楽は、もちろんエンジェルガールズの曲だ。

しーちゃんのキレイな歌声は、いつ聴いても本当に心が洗われるというか、癒されるというか、とにかく声を聴いているだけでも幸せな気持ちになってくる。

それから、ＤＤＧの曲も外せない。

ＹＵＩちゃんの歌声はパワフルで、聴いているだけで心を揺さぶられるような熱い気持ちにさせられるのだ。

そんな、しーちゃんとＹＵＩちゃん。

それぞれタイプは真逆とも言える二人だけれど、どちらも本当に第一線で活躍してきたのも頷けるほど、素晴らしい歌唱力だった。

だからこそ、そんな二人と昨日は一緒にファミレスにいたんだよなと思うと、その現実離れした状況につい思い出し笑いをしてしまう。

そして俺は、昨日送られてきた画像を開く。

そこには、楽しそうに微笑むあかりんとＹＵＩちゃんの姿が写っており、そしてその中心にはスヤスヤと気持ち良さそうに眠っているしーちゃんの寝顔が写っている。

やっぱりこの写真の持つ破壊力は凄まじく、色んな情報が詰まり過ぎたこの写真を、こんな公共の場で見るべきではないなと思った俺はすぐに閉じた。

まぁ、一つ言えることがあるとすれば、しーちゃんの寝顔はやっぱり最強に可愛いということだ。


ようやく目的地の駅に到着した俺は、電車を降りた。

それから、慣れない都会の人混みに飲み込まれてしまいそうになりながらも、目的地を目指して歩き続けた。

そうしてようやく到着したのは、やっぱり自分が足を運ぶにはちょっとオシャレ過ぎる気がする、とあるお店の前だった。

でも、俺は変わると心に決めているのだ――。

自分には不相応と思えてしまうのなら、そう思わないような自分になるしかないのだ。

だから俺は、やっぱりちょっと緊張する気持ちをぐっと抑えながら、覚悟を決めて店の扉を開けた。

「いらっしゃーい。あら？　あらあら！　紫音ちゃんのお友達の！」

「一条です。お、お久しぶりです！」

そう、俺は今日、三か条の三つ目の条件を満たすべく、まずは形から入ろうとケンちゃんのお店へと夏用の服を買いにやって来たのである。

別に俺は、これまでファッションに対して気を抜いてきたわけではない。

それでも俺は、ケンちゃんのコーディネートのおかげで、今まで着なかったようなワンランクもツーランクも上のオシャレが出来るようになったのだ。

だから、初心者ならまずはしっかりと有識者に教えて貰うことの大切さを、あの時俺はここで学んだのだ。

だからまさか、服を買うためだけに電車で一時間以上揺られることになるなんて、ちょっと前の自分なら全くもって信じられないことだよなと思うと、我ながら変わってきていることを自覚する。

既に俺は、しーちゃんのおかげで色々変わることが出来ているのだと。

「今日は一人？」

「は、はい。これから夏本番なので、新しい服が欲しいなと思いまして……」

するとケンちゃんは、綺麗に揃えられた顎鬚《あごひげ》を摩《さす》りながら「ふ〜ん、なるほどね」と何かを察したようにニヤニヤと笑った。

「いいわ、こっちへいらっしゃい」

「は、はい」

こうして俺は、この前みたいにケンちゃんに色々と夏服を見繕《みつくろ》ってもらった。

やっぱりさすがはケンちゃんというか、俺の持っている服とかを聞きながら、色々と着回し出来るようなアイテムを、分かりやすい説明を交えて選んでくれた。

まだ学生である俺のお財布事情も考慮して、最小限の出費で最大限のオシャレが出来るように提案してくれる。

そんなわけで、最初はマネキンと化していた俺だけれど、色々と試着しているうちにファッションというものが段々楽しくなってきていた。

鏡に映る自分は、同じ自分のはずなのに、さっき駅で見かけたようなオシャレ男子になれている気がして、それはまるで変身でもしているような気持ちだった。

柄やパターンの主張の強い服でも、ケンちゃんの手にかかればすっきりと着ることが出来てしまうのだから、なんだかちょっとした魔法のようでもあった。

こうして俺は、ケンちゃんのアドバイスのおかげで、この夏着回しの利くTシャツやパンツなどを購入することができた。

「これでたっくんも、そこいらの男になんて負けないぐらいの色男よ。自信持ちなさい」

お会計をしながらケンちゃんは、そう言ってウインクをしてくれた。

それがただのお世辞だったとしても、プロのファッションコーディネーターであるケンちゃんにそう言って貰えるのは、正直めちゃくちゃ自信になった。

「それでたっくんは、これからどうするの？」

「え、これからって？」

「紫音ちゃんとのことよ」

ずばり、核心を突いてくるケンちゃん。

やっぱりケンちゃんは、全てをお見通しのようだったから、俺は素直に思っていることを相談してみることにした。

ケンちゃんなら信用できるし、なによりいい答えをくれるような気がして。

「なるほど、ね。それでたっくんは、この夏告白をするつもりだと」

「は、はい……」

「うん、いいんじゃない？　なんだか青春って感じで、わたしも昔に戻りたくなっちゃったわよ」

そう言って、「このこのぉ」と肘で俺のことを突いてくるケンちゃん。

そっか、青春か……。

ちょっと前までは、青春なんて自分には無縁だと思っていたけれど、たしかに俺は今青春しているのかもしれないなって思えた。

もっとも、相手は元国民的アイドルで超が付くほどの有名人であるしーちゃんっていう、大分特殊な青春ではあるのだけれど――。

「そうだ！　たっくんこの後時間ある？」

「え？　あ、はい。今日はケンちゃんの所で服買ったら、あとは適当にブラブラして帰ろうかなと思っていたので」

俺の返事を聞いたケンちゃんは、満足そうに一回頷き、それから誰かと電話して何かを確認していた。

「じゃあそうね、このTシャツは今回特別にわたしからのサービスってことにしてあげる！　だからたっくん、わたしのお友達の美容師ちゃんを紹介してあげるから、その浮いたお金でそこ行ってサッパリして貰ってきなさいな」

「え!?　いやいや、それは悪いですよっ！」

「いいの、これはわたしのただのお節介だから。可愛い可愛い紫音ちゃんと、一生懸命頑張ろうとするたっくんを、ちょっとだけ応援させて頂戴なっ」

そう言ってケンちゃんは、そのまま会計を済ませると、Ｔシャツ一着分のお金と服をどうぞと手渡してくれた。

「それじゃ、そのお店ここの近くだから、受付まで案内するわ。ついてらっしゃい」

こうして俺はケンちゃんに連れられるまま、全く予定になかった大都会の美容室へと向かうことになってしまったのであった。

◇

ケンちゃんに連れられてきた美容室は、ケンちゃんのお店同様、そこが美容室だとはぱっと見では分からないようなオシャレな外装をしていた。

またしても、これまでの人生経験にはない圧倒的オシャレさを前に、俺はやっぱりちょっと萎縮《いしゅく》してしまう。

でも、そこはケンちゃんが「初めはみんなそんなもんよ」と軽く笑いながらフォローしてくれたおかげで、気持ちは大分軽くなった。

店内に入ると、ケンちゃん同様オシャレな服装をしたイケメンのお兄さんが、椅子に座って俺の到着を待っていてくれた。

「あらケン、その子がさっき言っていた子？」

「えぇ、オシャレにしてあげて頂戴な」

え、この人もそっち系の方ですか……と思いながら、そのイケメンお兄さんに上から下までしっかりと観察される。

「なるほどね、たしかに磨けば光る感じの子ね」

「でしょ？　芸能人の子ぐらいかっこよくしてあげて」

まるで意思疎通を図るように、ニヤリと笑い合うケンちゃんとイケメンお兄さん。

「あっ、自己紹介がまだだったわね。わたしのことは、ヒロシだからヒロちゃんとでも呼んでね」

そう言って、ヒロちゃんはイケメンスマイルを俺に向けてきた。

ケンちゃんもそうだけど、黙っていれば普通にイケメンな二人のこの口調には、中々慣れないものがある。

だが、世の中色んな価値観の人がいるのだ。

周りにいないから、少し慣れていないだけなのだと思っていると、早速髪をカットしようということで椅子に座らされる。

「じゃ、あとはよろしくね！　頑張ってね、たっくん」

それを見届けたケンちゃんは、そう言ってウインクをすると自分のお店に戻って行った。

それから俺は、ヒロちゃんに色々と説明されながら髪をカットして貰ったのだが、正直ヒロちゃんのハサミ捌《さば》きは素人目にも凄かった。

聞けば、ヒロちゃんもその界隈《かいわい》ではかなりの有名人のようで、芸能人の専属とかもしているほど物凄い人だった。

それこそ、エンジェルガールズのメンバーのカットも担当しているとかで、髪を切られている最中はしーちゃんの話題で盛り上がった。

ヒロちゃん曰く、しーちゃんは仕事中だと完全無欠の最強アイドルとして君臨していたけれど、オフになるとちょっと抜けているところがあって、そこがまた可愛いわよねと笑ってくれた。

だから俺は、その気持ち凄く分かりますとすぐに意気投合したのは言うまでもない。

それからカットが終了し、ヘアワックスで髪型をセットして貰うと、鏡に映った自分は最早別人レベルに印象が変わっていた。

一言で言うなら、陽キャだ。完全に陽キャが、鏡に映っていた。

あまりこういう表現自体は好きではないのだが、それでもそう思ってしまうほど、我ながらとてもイケてる感じになってしまっていた。

「どう？　バッチリでしょ？」

「は、はい！　正直、髪型一つでここまで印象が変わるとは思ってなかったので、とても驚いているところです……」

「そう言って貰えるのは、美容師としてこの上ない喜びね」

俺が素直に感想を伝えると、ヒロちゃんは満足そうにニカッと笑ってくれた。

ファッションコーディネーターといい美容師といい、その道を極めた人はマジで凄いんだなと実感した一日になった。

こうしてカットを終えた俺は、お礼も兼ねて再びケンちゃんのお店に変わった自分を見せるため戻った。

「あらぁ！　大分スッキリしたわね！　あと十歳ぐらいたっくんが歳をとっていたら、好きになっちゃってたかもしれないわね！」

なんて冗談を交えつつ、変わった俺のことを手放しで誉めてくれた。

俺はそれが嬉しくて、もう一度しっかりとお礼を告げてお店をあとにした。

こうして俺は、ルンルンとした気持ちで電車に乗って帰ることにした。

電車の中で久々にスマホを見ると、昨日の思い出トークでグループＬｉｍｅが賑わっていた。

プールで沢山遊んでからの、あかりんとＹＵＩちゃんの登場だったから、それに対して話がない方が嘘だよななんて思いつつ、俺も遅ればせながらそのＬｉｍｅに加わることにした。

『ごめん、ちょっと出掛けてて気付くの遅れた！　昨日はありがとね！』

よし、送信っと。

それにしても、ケンちゃんのところで買った服に、ヒロちゃんのとこでカットして貰った今の俺を見たら、みんなビックリしてくれるかなぁ？　なんて、ちょっとした悪戯心と承認欲求が湧いてきてしまう。

俺ってこんなキャラじゃなかったよなぁと、自分で自分に笑えてきてしまう。

それから音楽を聴こうとスマホを操作していると、すぐにＬｉｍｅの返事が返ってきた。

『お疲れ様！　どこに行ってたの？』

返事早いなぁと思ったら、それはしーちゃんからのＬｉｍｅだった。

しかも何故か、グループＬｉｍｅではなく個別で送られてきていた。

『あぁ、ちょっと買い物にね！』

ケンちゃんのところにと打ちかけたところで、打つのを止めておいた。

こうして変わったのだから、せっかくなら秘密にして驚かせようと思ったのだ。

『そっか！　Ｌｉｍｅ全然既読が付かなかったから、何してるのかなって思って』

なるほど、それは申し訳ないことをしたな。

でも、そんな風にしーちゃんが俺のことを気にしてくれていることが、俺は嬉しかった。

『ごめん、ちょっと遠出してバタバタしてたから気付かなかったよ』

『え？　買い物で遠出したの？』

あ、しまった――。

完全に要らないことを言ってしまったと思ったが、送ってしまったものは仕方ない。

『うん、ちょっとね！』

『そっか、たっくん今日は帰ってくるんだよね？』

『うん、今帰ってるところだよ』

『電車だよね？　何時頃かな？』

『うん。えーっと、十八時過ぎぐらいかな？』

『そっか、分かった！』


――ん？　分かったって何が？


返信が凄く早いしーちゃんだったが、そのＬｉｍｅでやり取りはストップした。

とりあえず、駅に着くまでまだ三十分ぐらいあるから、今度こそ俺は音楽を聴きながら電車に揺られることにした。

◇

ようやく地元の駅へ到着し、電車から降りる。

そして改札をくぐったその先には、何故かしーちゃんの姿があった。

そして誰かを探すように、なんだかキョロキョロとしていた。

外だから当然、今もしーちゃんはサングラスで変装をしているのだが、寝起きだろうか髪の毛が少しピンと跳ねていて、いかにも急いで出てきた感じがした。

とりあえず、素通りするのも悪いと思い、そんなしーちゃんに俺から声をかけることにした。

「あれ？　しーちゃん、こんなところでどうしたの？」

いつも通り俺が声をかけるも、しーちゃんは俺の方を向いたまま何故か固まってしまう。

「ん？　ど、どうした？」

「た、たっくん……だよね……？」

あぁ、そっか――。

今の俺は、ヒロちゃんのおかげで見た目が変わっているのだった。

「あぁ、うん。どうかな？　変じゃない？」

「カッコいいよっ!!」

いざしーちゃんを前にするとちょっと恥ずかしかったのだけれど、そんな俺をしーちゃんは食い気味で絶賛してくれた。

鼻息をフンスと鳴らしながら、前のめりで絶賛してくるしーちゃんの言葉には嘘はないことが伝わってきて、俺はめちゃくちゃ嬉しくなってしまう。

「な、なんでたっくん!?　どうしてっ!?」

「えっと、実は今日、ケンちゃんのところに服を買いに行ってきたんだ。そしたら、ヒロちゃんって美容師さんを紹介されて、それでそのまま髪の毛もカットして貰ってきた」

「ヒロちゃん？　……なるほど、ヒロちゃんの仕業《しわざ》か」

顎に手を当てながら、うんうんと納得するしーちゃん。

「し、仕業？」

「なんでもないよっ！　そっか、そういうことだったんだね。良かった！」

良かったって何がと思ったけれど、とりあえずしーちゃんはご機嫌な様子でニコニコしているので良しとした。

だから俺は、こうして偶然？　駅で早速しーちゃんに会えたことだし、勇気を出して誘ってみることにした。

「あの、さ？　これからもし時間あるなら、その、一緒にご飯でも行かない？」

「ふぇ？」

思いきってご飯に誘ってみると、しーちゃんはとても驚いた様子で変な声をあげる。

そして信じられないものでも見るように、そのクリクリとした大きくて綺麗な瞳で、真っすぐに俺のことを見つめてくる。

「あ、いや、急だったし、無理ならまた今度でいいって言うか……」

「行きますっ！　行かせて下さいっ!!　あっ、でも急いで出てきたから髪が……ふぇぇ」

手をビシッと上げながら、元気よく行きますと返事をしてくれた。

しかし、やっぱりちょっと跳ねている髪が気になっているようで、跳ねている箇所を一生懸命手で押さえながら直そうと頑張っていた。

そんなコロコロと変わる仕草もどこか挙動不審で、今日もしーちゃんはとにかく可愛かった。


――本当に、いつ会っても底抜けに可愛いよな。


そのあまりの可愛さに、つい笑ってしまう。

こうして俺は、無事しーちゃんとのご飯デートを勝ち取ったのであった。

◇

ご飯に誘ったものの、どこへ行ったらいいのだろうか……。

こういう時、経験のなさが嫌になるなと悩んでいたところ、しーちゃんから行きたいお店があると言ってくれたので助かった。

そして俺達は、そのしーちゃんの行きたいというお店を目指して歩き出す。

そのお店は、駅前から少し歩いたところにある商業施設の中にあった。

店内に入ると、俺達は店員さんに案内された席に座る。

それから店員さんに、軽くお店のルールの説明を受ける。

そう、しーちゃんが行ってみたいと言うからやってきたのは、焼肉食べ放題のお店だった――。


「たっくん、これ本当に全部いいの!?」

「うん、食べ放題だからね」

焼肉食べ放題というまさかのチョイスに驚いたが、楽しそうに微笑んでいる無邪気なしーちゃんの姿に、まぁいっかという気持ちにさせられる。

そんな、子供のように今を楽しむしーちゃんを見ていると、思わずこっちも笑みが零れてきてしまう。

これまできっと俺達庶民が普段足を運ぶような場所には、基本的に行ったことがないのだろう。

だからこんな風に、俺達にとっては当たり前のことでも、しーちゃんはこんなにも楽しんでくれることが嬉しかった。


席に戻ると、早速しーちゃんは自分で取ってきたお肉を鉄板の上に並べる。

そして食べ頃になったところで、パクリとお肉を口へ運んだ。

「うん！　美味しい！　それに、こうやって自分で好きなものを取ってきて食べられるのって楽しいね！」

その目をキラキラと輝かせながら、本当に楽しそうに微笑むしーちゃん。

それからも、ニコニコと楽しそうに一枚ずつお肉を焼いては頬張るしーちゃんの姿は、とにかく可愛かった。

頭のぴょんと跳ねた髪の毛も、何だかその緩さを表わしているようで、良いアクセントになっていた。

「……もう、あんまり見ないでよぉ」

しかし、そんな俺の視線に気が付いたのか、恥ずかしそうに自分の跳ねた髪を手で押さえながら、頬を赤くするしーちゃん。

「ご、ごめん！　可愛いなぁと思って、つい……」

「え？」

すぐに謝ると、驚いたように聞き返してくるしーちゃん。

――あれ、俺今何て言った？

可愛いって、言わなかったか？

いや、言ったよな。絶対言った。

ついつい思っていることが口に出てしまった俺は、焦りながら咄嗟に誤魔化す。

「いや、その……うん、可愛いなぁって」

――うん、誤魔化せてないですね。

ごめんなさい、何も思い浮かびませんでした。

「あ、ありがとう……たっくんも、今の髪型かっこいいよ……」

するとと、顔を赤くしながら俯くしーちゃんに、お返しのように褒められてしまった。

たしかに、我ながらヒロちゃんにセットして貰った今の自分は、中々イケてるんじゃないかと思っていたのだけれど、こうしてしーちゃんに直接言われるのは、何度言われてもやっぱり嬉しかった。

「あ、肉焦げちゃう！」

「わっ！　本当だっ！」

しーちゃんの声に慌てて鉄板へ目を向けると、俺がゆっくり育てていたお肉が少し焦げてしまっていた。

こうして、黒くなってしまったお肉を慌てて救い出すと、なんだかそれが異様に可笑しくなってしまい、二人同時に吹き出して笑い合う。

何が可笑しいのかもよく分からないけれど、こんな風にしーちゃんと二人きりで食事をすることが出来ている今が、俺は楽しくて楽しくて仕方がないのであった。

◇

ゆっくりと時間いっぱいまで食事を楽しんだ俺達は、店を出て再び駅へとやってきた。

「それじゃあ、今日は急だったけどありがとね」

「ううん、こちらこそ誘ってくれてありがとう」

向かい合う二人。

「それじゃあ」

「うん、また連絡するね」

そう言葉を交わすと、バイバイと手を振り合い、そのまま駅で別れる。


「あ、待ってしーちゃん！」


しかし、このまま別れてしまうのが何だか名残惜しくなってしまった俺は、歩き出すしーちゃんの背中に向けて声をかける。

そんな俺の呼びかけに、しーちゃんはゆっくりとこちらを振り返ってくれた。

「えっと、その……うん、また遊ぼう！　今年の夏は、色々楽しむって約束したから、また連絡するっ！」

俺は何言ってるんだろうか――。

思わず呼び止めてしまったものの、特に言うことが定まってなかった俺は、何とか思っていることをそのまま言葉にした。

「うん、わたしも連絡するね！」

けれどしーちゃんは、そんな俺に対してニッコリと微笑みながら返事をしてくれた。


――ああ、やっぱり好きだな。


その微笑みを前に、俺の胸はドクンと大きく高鳴り出してしまう。

するとと、今度はしーちゃんから話しかけてきた。

「ねぇ、たっくん」

「……まだ少し、時間あるかな？」

時計を見ると、夜の七時を少し回ったところだった。

夜ではあるが、別にまだ家に帰らなくてもいいと思った俺は、何だろうと少しドキドキしながら、大丈夫だよと返事をする。

「良かった。その……もうちょっとだけ、たっくんとお話ししたいなって……」

「う、うん、分かった」

少し恥ずかしそうに告げられたその言葉に、俺の胸の鼓動は更に速まっていく。

こうして俺達は、自動販売機でジュースを買って、近くにあったベンチへと腰掛けた。

「ご、ごめんね、付き合って貰っちゃって」

「いや、俺ももう少し話したいなって思ってたからさ」

「そ、そっか」

お互い恥ずかしさを誤魔化すように、ちょっとぎこちなく笑い合う。

「……何て言うか、さ。こうしてまたしーちゃんと一緒にいられることが、今でもたまに夢のようっていうか、未だに信じられない自分がいるんだ」

「……うん、それはわたしも一緒だよ。まさかたっくんと同じクラスで、しかも隣の席になれるなんて、夢みたいで……。今年に入ってから、わたしはずっと夢の中にいるみたい」

そう言って、ふんわりと嬉しそうに微笑むしーちゃんの横顔に、俺は自然と見惚れてしまう。

その頬はほんのりと赤く染まっており、そんな風にこうしてまた一緒になれていることを喜んでくれているのが、俺は純粋に嬉しかった。

だから俺は、聞くなら今だろうと思い覚悟を決める。

ずっと聞きたかったけれど、これまで聞けないでいたことを――。

「……しーちゃんは、さ。来月の二十六日は、空いてるかな？」

俺の質問に、しーちゃんはキョトンと不思議そうな表情を浮かべる。

それからスマホを手にし、自分のスケジュールを確認する。

「来月の二十六日？　ちょっと待ってね……うん、大丈夫。空いてるよ？」

どうやらしーちゃんの予定は空いているようだ。

それが確認出来た俺は、もうあとには引けなかった。

再び勇気を出して、俺はしーちゃんをあるイベントへ誘う。


「そっか、良かった。……その日は、この町の花火大会の日なんだ。だから、さ。良かったら一緒に、行きませんか？」


まだ花火大会には少し早いけれど、この日だけはしーちゃんと一緒に過ごしたかった。

そんな俺の誘いを受けて、しーちゃんはその大きな瞳をぱちくりとさせる。

それから俺の言葉の意味を理解するように、その表情に喜びを滲《にじ》ませる。

「花火大会……そっか、うん。絶対に行こうね」

優しく微笑むその表情は、あの頃花火大会へ誘った時の表情と重なって見えた。


——絶対に行こうね、か。

その言葉の嬉しさを噛みしめながら、こうして今年は一緒に花火大会へ行く約束を交わすことが出来たのであった。

手を繋ぎながら、一緒に花火を見上げたあの夏――。

俺の、伝えられなかった想い――。

今度こそは絶対に……と、俺は隣で楽しみだなぁと微笑むしーちゃんを見ながら、一つの決心をする。

だからその時までは、この夏を全力で楽しもう。

結果はどうあれ、この夏はしーちゃんに目いっぱい楽しんで貰うためにも、俺は花火大会までの残り一ヵ月、全力で一緒に楽しむことを心に誓ったのであった。

◇

次の日、俺は夏休みが始まって初のコンビニのバイトに勤しんでいた。

夏休みに入って、二日連続でしーちゃんと共に過ごせたという、あまりにも幸先《さいさき》の良い滑り出しに満足しながら、今日も元気にコンビニで働いている。

そして俺は、バイト中は必ずと言っていいほど現れるしーちゃんを、密かに楽しみにしているのであった。

ピロリロリーン。

コンビニの扉が開く音がする。

その音に反応して、俺はいつものように「いらっしゃいませ～」と挨拶をしながら、入ってきたお客様の姿を確認する。

するとそこには、今日も不審者スタイルを身に纏ったしーちゃんの姿があった。

――やったぜ！

というわけで、突然だが本日も無事に『三枝さんウォッチング』の時間がやってきたのであった。

……しかし、ウォッチングをしようと思った矢先、なにやらしーちゃんの様子がいつもと違うことに俺は気が付いた。

いや、違うという方が、違うのかもしれない。

というのも、今日のしーちゃんは至って普通なのだ。

いつもだったらこの不審者スタイルでコンビニへやってくる場合、出だしからとにかく挙動不審なのだ。

けれど今日のしーちゃんは、挙動不審な様子は一切見せず、例えるなら『芸能人がプライベートで変装している』感がちゃんと出ているのだ。

芸能人のプライベート感が出ているというのも変な話なのだが、普段変なしーちゃんが変じゃないのが変っていうか……ダメだ、ちょっと自分でもよく分からなくなってきた。

そんなしーちゃんはというと、ゆっくりと雑誌コーナーへ行くと、余裕たっぷりな様子で情報誌を手に取り、普通にペラペラとページを捲り出した。

それはもう、いつも来るＯＬのお客様と同じように、本当に普通に立ち読みをしているだけだった。

そして雑誌を読み終えたしーちゃんは、そっと雑誌を本棚に戻すと、それから買い物カゴを手にして普通に買い物を始める。

買い物中も本当に至って普通で、他のお客様と同じように商品を買い物カゴへ入れると、そのままレジへと持ってきたのであった。

ここまで来ると、俺ももう諦めがついていた。

正直、挙動不審なしーちゃんを楽しみにしていた。

けれど、最近はしーちゃんと共に過ごす機会も増えたことだし、もう俺の前で挙動不審になることもなくなったのだろうと納得する。

もう挙動不審なしーちゃんを見られないのはちょっと寂しいけれど、それならそれで、俺としてはかなり嬉しいことなのである。

こうして不審者スタイルに変装こそしてはいるが、普通に接してくれるように変化しているのであれば、それは明らかな前進と言えるのだ。

だから俺は、そんな明確に縮まっている距離感に満足しながら、持ってきた商品の集計を手際よく進める。

そして計算を終えた俺は、他のお客様へ見せる以上にニッコリと笑みを浮かべながら、表示された金額を伝える――。

「以上で、税込みで千円ちょうどになります」

――まさしくそれは、奇跡としか言えなかった。

いつも通り、財布から千円札を取り出そうとするしーちゃんの手は、金額を聞いた途端ピタリと止まった。

そして、その手をプルプルとさせながら、何とも言えない困った表情をこちらへ向けてくるのであった――。

まさかの予期せぬ事態に、挙動不審がぶり返してしまうしーちゃん。

そして俺は俺で、このパターンは全く予想していなかったため、同じく驚きを隠せなかった。

しかしそれと同時に、今日は見られないと思っていた挙動不審を無事に見られたことに、ほっとしている自分もいるのであった。

もう第三者が見たら、きっと訳が分からないことになっているに違いないが、俺だって訳が分からないのだ。

とりあえず、この場をどうすべきか頭をフル回転させていると、しーちゃんは摘んだ千円札をプルプルとした手で差し出してきた。

その表情は、もうどこか諦めたような感じなのだが、こうしてお札を差し出された以上、俺は精算を済まさなければならない。

しかし、いつも小銭を大切そうに受け取ることが不思議でならなかったのだが、まさかここまでショックを受けるとは思わなかった。

だから俺は、正直ちょっとだけ小銭に対して嫉妬してしまう。

多分世界広しとは言え、小銭に対して本気で嫉妬しているのは俺ぐらいなんじゃないだろうか？

しかし俺は何の冗談でもなく、こうして本当に嫉妬してしまっているのだから仕方がないのだ。

そんな小銭のことが、少し羨ましくなってしまう程に――。

悶々《もんもん》とそんなことを考えながら、俺はお会計を済ませる。

おつりが発生しないことに申し訳なさを感じつつ、一応ルールに従って落ち込むしーちゃんに確認をする。

「レシート、ご入り用ですか？」

「レシート……？　は、はいっ!!　ご入り用ですっ!!」

すると、何故か水を得た魚のように、一気に元気を取り戻すしーちゃん。

それはもう本当に嬉しそうで、食い気味でレシートを欲しがるのであった。

その変りように驚きつつも、とりあえず元気になったみたいだし良かったと、そのまま俺はレシートを差し出した。

するとしーちゃんは、俺の差し出すレシートに対して、いつもの小銭を受け取る時のように両手で大切そうに包みながら受け取るのであった。

その様子を見て、俺の中で一つのはっきりとした答えが生まれた。

そう、どうやら俺は、これまで大変な勘違いをしてしまっていたようだ。

なんだ、そういうことだったのかと思いながら、俺はそんな嬉しそうにするしーちゃんに向かって、優しく微笑みかける。

――そっか。しーちゃんは、別に小銭が好きな訳ではなかったんだね。

――好きなのは、レシートだったんだ。

まぁ、芸能人は経費云々とかあるっていうし……なんて、それにしてもさすがにこれは冗談が過ぎるだろう。

結局理由の分からない俺は、謎過ぎて込み上げてくる笑いを必死に堪えながら、『またおこし下さいませ～』と明るく声をかけた。

すると、すっかり元の調子を取り戻したしーちゃんはこちらに向かって会釈《えしゃく》をすると、そのままコンビニから軽い足取りで出て行ったのであった。

まぁそんなわけで、まさかの事態に陥ってしまったものの、結果として今日もバイト中にしーちゃんに会えたことに満足しつつ、この日は残りのバイトを卒《そつ》なくこなしたのであった。

◇

夏休みが始まって暫く経った頃、俺は久々に孝之と二人きりで遊ぶことになった。

それこそ二人だけで遊ぶのなんて、前に行ったメイド喫茶……いや、そのあとの恋愛相談を受けたファミレスぶりだろうか？

その頃から比べると、本当にお互いの周辺の環境は変わったよなと思う。

俺としては、三枝さんがかつてのしーちゃんだったことが分かり、そして孝之に至っては清水さんという、学校でも二大美女と言われるほどの可愛い彼女が出来たのだ。

本当に、あれからどれだけ出世してるんだよと、改めて今の状況にちょっと笑えてきてしまう。

そんなことを考えながら待ち合わせ場所で一人待っていると、遅れて孝之がやってきた。

「おっす！　お待たせ！」

「おう！　久々だな」

久々に会う孝之は、やっぱり今日もナイスガイだった。

そして孝之は孝之で、ヒロちゃんのところでイメチェンした俺を見て驚いていた。

こうして合流した俺達は、早速今日の目的地である焼肉食べ放題のお店へ向かって歩き出す。

今日は夜ご飯でも食べながら、少し話をしようぜという孝之の提案で集まったのだが、向かう先はこの間しーちゃんと行ったあの焼肉食べ放題のお店になったのだ。

「なんだ？　もう三枝さんとこんなところに来るような仲になったのか？　卓也も隅に置けない男になったよな」

「まぁ、たまたま駅前で会って一緒に来ただけだけどな」

「いやいや、たまたま駅前で三枝さんを見かけても、普通誰も遊びになんて連れて行けねーからな？」

それは、全くもって孝之の言う通りだった。

これまで沢山の人が、しーちゃんにチャレンジしては敗北しているのだ。

だから、あんな風に一緒に食事が出来ているだけでも、俺はとても恵まれた状況にあると言えるのだろう。

それもこれも、かつて幼い頃に一緒に遊んでいたというアドバンテージがあるからなのは分かっている。

だからこそ俺はこの夏、もっと先へ進むためにも自分の気持ちを伝えることに決めているのだ。

「まぁ、しーちゃんが唯一受け入れる相手は、たっくんだけってこったな」

「うるせーよ、それよりさっさと肉食おうぜ肉」

しーちゃん呼びしていじってくる孝之を無視して、俺は肉を取りに席を立つ。

そして、しーちゃんと来た時は控えめにしていたのだが、食べ盛りの男子高校生二人ともなれば食べる量は段違いで、お皿いっぱいに盛ってきた肉の山から、鉄板の上に並べられるだけ肉を並べる。

　こうして俺達は、ハイペースで肉を食べ進めながら暫く他愛のない会話を楽しんだ。

「やっぱり、男同士だと気兼ねなく食えていいな」

「ん？　孝之も清水さんとこういうところ来るのか？」

「いや、桜子は少食だから食べ放題には来ないけど、まぁ彼女の前でドカ食いなんてそんな出来ないからな」

「なんだ孝之、そんな見た目して結構乙女なんだな」

「当たり前だろ、乙女の中の乙女だっての！」

　俺のツッコミに、孝之もボケて返してくる。

　まぁたしかに、少食な女の子の前でガツガツ食べるのは、俺も気が引けてしまうから気持ちは分からないでもなかった。

　しーちゃんとここへ来た時だって、俺はしーちゃんの食べるペースに合わせてゆっくりと焼肉を楽しんだのだから、俺も人のことは言えない。

　もっともゆっくり食べれば、今みたいにお腹をパンパンにさせなくても食欲を満たすことが出来たのだから、きっとあの時のしーちゃんの食べ方の方が賢いと言えるのだろう。

しかしバイキングとは、どうしても元を取ろうと思って食べられるだけ食べた結果、帰る頃にはグロッキーになるまでがセットだったりするのだ。

「それで、お前はこの夏どうするんだ？」

先ほどまでの会話を一度リセットするように、孝之は改まってそんなことを聞いてきた。

どうするって、なんの話だ？　……なんて鈍感なことは言わない。

それがしーちゃんとのことを指していることぐらい、俺も分かっている。

だから俺は、ここはふざけることなく今の状況を孝之に伝える。

「……一応、今度の花火大会に誘ってある」

「そうか、花火大会か。そういえばお前達、ガキの頃一緒に花火大会行ったんだっけ？」

「あぁ、だからあの時言えなかった言葉を、俺はその時にちゃんと伝えたいと思ってる」

「……なるほど、な」

俺の言葉を聞いて、一度目を大きく見開いて驚いた孝之は、それからなるほどなと深く頷いて微笑んだ。

「まさか、あの卓也がそこまで覚悟を決めているなんてな。安心したわ、それなら俺から言うことは何もないな。まぁ万が一玉砕《ぎょくさい》したら、俺が慰めてやるから当たってこい！」

「ハハ、そいつはどうも。まぁ、やれる限りやってみるさ」

そして再び、俺達はお互いの顔を見合いながら笑った。

冗談を交えつつも、こんな風に応援してくれている孝之の言葉は嬉しくて、やる気が漲《みなぎ》ってくる。

俺はあの、元国民的アイドルのしおりんに思いを伝えようとしているのだ。

そんな高すぎるハードルを前に、いくらでもネガティブな思考は湧いてくるし、自信だってない。

それでも俺は、しっかりと気持ちを伝えたいと思っている。

そのうえで、ダメで元々なんて負け戦《いくさ》をするつもりなんてないし、当たって砕けろの精神でぶつかってみるしかないと思っている。

だって俺は、あの時言えなかった言葉を今度こそちゃんと伝えたいから――。

そして叶うなら、その続きをこれから一緒に歩んで行きたいと、こんなにも願って止まないのだ――。

「……これは、もしかしたら言うことじゃないのかもしれないが」

俺の覚悟を聞いた孝之は、そんな前置きをしてゆっくりと口を開く。

「この間な、桜子と三枝さんも二人で遊びに行ったみたいなんだ」

「そ、そうか。そいつは凄いな」

そんな俺の素直な感想に、孝之も「だろ?」と言って笑った。

学校の二大美女が二人で遊びに出かけるなんて、そんな光景を思い浮かべるだけで尊かった。

「でな、その時桜子も、三枝さんと恋バナしたらしいんだ」

「マ、マジか……」

なるほど、だから孝之は言うかどうか迷ったわけだ。

その会話によっては、俺の覚悟が砕け散ることにだって成りかねないから。

「おう、それでな。聞くところによると、三枝さんもどうやら気になる人がいるみたいなんだと。それが誰だとは、はっきりと言わなかったらしいけどな」

孝之の言葉に、俺はドキッと胸が弾け出しそうになってしまう。

その相手とは誰なのか、これから告白しようという俺にとっては、気になるどころの騒ぎではなかった。

都合よく考えれば、いつも一緒にいる俺……だろうか？

だが、相手はあのスーパーアイドルしおりんなのだ。

俺の知らないところでも、それこそ最近雑誌とかでもよく目にする白崎剣《しろさきけん》というイケメン俳優とか、そういった知り合いなんてきっと沢山いるだろうし、普通に考えて俺とテレビの向こうのイケメン達とじゃ張り合えるはずもない。

そんな現実を前にしてしまうと、どうしてもネガティブな思考が渦巻いてしまう。

身の程を知れ、と自分で自分に言ってしまう程度には、既にネガティブな考えに飲み込まれてしまっていた。

「待て、卓也。話はまだ終わってない」

そんな俺の気持ちを読むように、孝之は俺のことを制しながら言葉を続ける。

「俺も桜子も、正直卓也ならきっと上手く行くと思ってるんだ。だが、今お前も思ったとおり、相手はあの三枝さんだ。今は良くても、これからの保証だって全くないのかもしれない」

孝之の意見は、ごもっともだった。

たとえ付き合えたとしても、安心なんて出来ないだろう。

俺が向き合おうとしている相手は、そういう特別な存在なのだから。

それでも孝之と清水さん、二人が上手く行くと思ってくれていることは、俺にとって大きな後ろ盾になった。

「そこでだ。俺は今、遊園地のチケットが手元に四枚ある。今回は親父の伝手《つて》じゃなくて、俺が自分で買ったものだ。あとはもう、言わなくても分かるだろ？」

そう言って孝之は、財布の中から遊園地のチケットを四枚取り出すと、目の前でピラピラと見せてきた。

それがどういう意味かなんて、聞くまでもなかった。

だから俺は、孝之の言葉にしっかりと頷く。

「よし、じゃあ卓也に二枚やる。だからお前は、三枝さんを誘え。俺と桜子、卓也と三枝さん、この四人でグループデートと洒落こもうじゃねーか」

孝之は満足するようにニカッと笑いながら、そのチケットを二枚差し出してきた。

「でも、本当にいいのか？」

「何言ってんだよ、良いに決まってんだろ！　その代わり、お前はお前のすべきことを、しっかりと最後までやり遂げて見せろ！」

「……分かった、色々ありがとな。俺、やってみるわ」

これだけ親友に後押しされては、もう引くわけにはいかなかった。

だから俺は、花火大会と言わず、このダブルデートで必ず想いを伝えることを決心したのであった――。

◇

孝之と別れた俺は、家に向かって歩きながらしーちゃんにＬｉｍｅを送った。

『次の金曜日、予定空いてるかな？』

あれから、予《あらかじ》め孝之達の空いている日を教えて貰った俺は、しーちゃんを遊園地へ誘う

くる。
そんな本文と一緒に、クエスチョンマークを頭に浮かべるしおりんスタンプも送られて
『空いてるよ！　どうかしたかな？』
するると、程なくしてしーちゃんから返信が返ってきた。
ためＬｉｍｅを送ったのである。

そんな可愛いスタンプを見ながら、俺は思わずニヤついてしまう。

こんな風にやり取りが出来ているだけでも、十分過ぎるほど幸せなのだ。

……でも、それじゃ駄目なのだと再び覚悟を決めて俺は返事を送信する。

『良かったら一緒に、遊園地に行かない？　孝之と清水さんも一緒なんだけど』

――よし、送った。

一先《ひとま》ず誘いのＬｉｍｅを送れたことで、第一ステップはクリアといったところだろうか。

あとは、しーちゃんから、なんて返事が来るかだが……。

『遊園地？　え、行きたい！』

なんて思っていると、すぐに二つ返事で返信が返ってきた。

その返信を見て、俺は第二ステップもクリア出来てほっとする。

つまりは、残すステップはあと一つのみ――。

そう強く決心しながらも、一先ずはしーちゃんと一緒に遊園地へ遊びに行けることを、

心の底から喜ばずにはいられないのであった――。

第六章　遊園地

あっという間に、約束の金曜日がやってきた。

俺はケンちゃんのところで買った新しい服に着替えると、それからヒロちゃんに教えて貰ったヘアセット方法でしっかりと身なりを決めて家を出る。

待ち合わせの駅前に到着すると、そこには既に俺以外の三人の姿があった。

「おう！　おはよう卓也！　なんだ？　今日は気合入ってんな！」

「本当だ。一条くん、なんだか今日はすっごくイケメンだね！」

「お、おはようたっくん！」

俺に気付くなり、声をかけてくれる三人。

俺のことを軽くいじってくる孝之と清水さんに、ちょっと恥ずかしそうに挨拶をしてくれるしーちゃん。

俺はそんな三人に向かって、片手を挙げながらおはようと挨拶を返す。

今日はバッチリの快晴で、絶好の遊園地日和《びより》だった。

だから俺は、今日の目的は一旦置いておいて、まずはしーちゃんと一緒にとことん遊園地を楽しむことにした。

こうして無事集合した俺達は早速、遊園地へ向かうべく一緒に電車へと乗り込んだ。

「たっくん、遊園地楽しみだね！」

隣の座席に座りながら、楽しそうに話しかけてくるしーちゃん。

「そうだね、今日は何か乗りたい乗り物とかある？」

「んー、わたし絶叫系はあんまり得意じゃないから、出来ればあんまり怖くないのがいいかな」

そう言って、困り顔で微笑むしーちゃん。やっぱりかわいい。

実は俺も絶叫系はあまり得意ではないから、絶叫系と言われなくて内心ほっとする。

そういう意味で言うと、孝之と清水さんは二人とも絶叫系が大好きなようで、一緒にパンフレットを広げながら乗りたい乗り物を言い合って楽しんでいた。

孝之はともかく、清水さんがそういうのが好きなのは正直ちょっと意外だった。

だから俺は、その理由を本人に聞いてみると、曰く『自分が小さいから、昔から高いところが大好きなの』だそうだ。

イマイチしっくりこなかったため、もう少し踏み込んで聞いてみると、『いつも見下ろしてくるみんなを、その時だけは見下ろせるから』が真の理由らしい。

中々尖《とが》った理由だなと思ったが、とにかく楽しそうに語る清水さんに、俺はそれ以上何も言えなかった――。

　こうして会話を楽しみながら移動していると、あっという間に今日の目的地である遊園地の最寄り駅へと到着したのであった。

「それじゃ、俺達は先に絶叫系回ってくるから、昼の十二時にフードコートに集合ってことで！」

「おう、分かった」

　遊園地へ入場したところで、俺達は予め話していた通り、絶叫系組とそれ以外組の二手に分かれることになった。

　まぁ、こればっかりは乗り物の好みもあるし、無理なこともあるため仕方がない。

　絶叫マシン好きな孝之はというと、去り際に小声で「頑張れよ」と言って、俺の背中をバシッと叩いていった。

　そんな、今日は何から何まで気を使ってくれる孝之の背中に向かって、俺は小声で「サンキューな」と呟いた。

「それじゃあ、わたし達も行こっか！」

二人きりになったところで、そう言ってしーちゃんは少し恥ずかしそうに隣に並んだ。

そんなしーちゃんを前に、いよいよ二人きりになったことをどうしても意識してしまう自分がいた。

気持ちを伝えるという覚悟と、このままずっと一緒に楽しんでいたいという気持ちが心の中で交錯《こうさく》して絡み合っていく。

そんな気持ちを落ち着けるように、俺は隣に立つしーちゃんに微笑みかける。

ちなみに今日のしーちゃんは、白のオフショルのトップスに、動きやすいようにタイトなデニムにスニーカーという、とてもカジュアルな服装をしている。

しかしカジュアルな中にも、トップスから覗く白くて透き通るような肩のラインは本当に美しく、嫌でもそこへ視線が向いてしまうのは最早仕方のないことだった。

本人は気が付いているのかどうか分からないが、駅に集合したその時から現在に至るまで、周囲の男性の視線をしっかりと集めてしまっているのだ。

当然今日も大きめのサングラスをかけて変装はしているものの、その溢れ出る魅力は隠しきれてはいないといった感じだった。

だから俺は、そんな周囲の視線を避けるように早速移動することにした。

そして一緒に、メリーゴーラウンドやコーヒーカップといった、あまり激しくない乗り物をハシゴして遊園地を二人で楽しんだ。

ハシゴする間、しーちゃんはずっとピッタリと隣で楽しそうに笑ってくれており、そんな特別な相手の満面の笑みを独り占め出来ていることに、俺はこの上ない喜びを感じずにはいられなかった。

そうこうしていると、あっという間に約束の時間に近付いていた。

控えめな乗り物でも、こうして連続して遊んでいるとちょっと疲れてきてしまったため、俺達は少し早めにフードコートへと向かって休憩することにした。

◇

フードコートに到着したが、どうやらまだ孝之達の姿はなさそうだった。

今頃絶叫マシーンに乗って楽しんでいるのだろうと、とりあえず周囲からあまり目立たない席を選んで座ることにした。

ふぅと一息つくと、気が抜けたのか突如猛烈にトイレへ行きたくなってきてしまう。

恐らく、さっきコーヒーカップで調子に乗って回り過ぎたせいだろうと思いつつ、すぐ近くにトイレがあることを確認した俺はしーちゃんに断りを入れる。

「ごめんしーちゃん。ちょっとトイレ行ってきてもいいかな？」

「え？　うん、大丈夫だよ。いっトイレ～」

するとしーちゃんは、ニコッと微笑みながらまさかの親父ギャグで見送ってくれる。

そんな親父ギャグに色々とツッコミを入れたくなりつつも、急な尿意に我慢の限界なため俺は急いでトイレへと向かう。

そうして、トイレを済ませて無事解放された俺は、謎の達成感を抱きながら急いで席へと戻る。

よっぽど大丈夫だとは思うが、しーちゃんを一人にさせてしまっているのだ。

もしかしたらナンパとか、何か面倒に巻き込まれているかもしれない。

そう思いながら、先程の席へと戻った俺は驚愕《きょうがく》することになる。


何故ならしーちゃんの隣には、見知らぬ男が座っているのである――。


ナンパだろうかと思ったが、普通に会話をしているしーちゃんの様子から察するに、それはナンパという感じではなかった。

隣に座っている男は、座っていても分かるほどの高身長で、スラリと長い足はモデルのようで、ぱっと見でそれがイケメンだと分かる。

そう、それはまるで俺達一般人とは違う世界の……言うなれば、まさしく芸能人だった。

よく見れば、それは俺でも良く知っている男だった。

その男は、最近よくコンビニに並ぶ雑誌の表紙とかに載っている、今を時めく若手俳優の白崎剣で間違いなかった――。

そんな現役の有名人が、何故かこの遊園地で、しかも俺を待っていたはずのしーちゃんの隣に座り、何やら二人で楽しそうにお喋りをしているのであった――。

◇

トイレから戻ってみると、しーちゃんの隣には白崎剣というイケメン若手俳優が座っていた。

そして二人は何やら楽しそうに会話をしており、そんな光景を前にした俺の足は気が付いたら止まってしまっていた。

普通にただいまと、その会話に交ざればいいだけだ。

頭では分かっているのに、足が動かない――。

今日は俺がしーちゃんと一緒にこの遊園地へ遊びに来ているはずなのに、楽しそうに会話をする美男美女の姿に、自分が場違いなんじゃないかというネガティブな気持ちがどうしても湧き上がって来てしまうのであった。

——なんだ、これ……。

さっきまであれだけ楽しかったのに、この感覚はなんなのだろう……。

——胸が苦しい。

——きつい、帰りたい。

ドキドキと加速していく鼓動に、俺は今すぐこの場から逃げ出したくなってきてしまう——。

「あ、たっくん！」

戸惑《とまど》い、立ち竦《すく》んでいる俺の姿に気付いたしーちゃんが、こちらに手を振りながら声を

かけてくる。

何も変わらない様子で、しーちゃんは楽しそうに呼びかけてくれている。

しかし俺は、そんなしーちゃんのことを真っすぐ見ることが出来なくて、つい目を逸《そ》らしてしまった。

すると、そんな俺達のことを白崎がじっと見ていることにも気付いた。

実際に正面で見てみると、やっぱり物凄いイケメンだった。

しーちゃん同様、白崎からはサングラスをしていても分かる芸能人オーラが感じられた。

だがそんな白崎はというと、俺のことを見るや否や、何か納得するようにニッコリと微笑みかけてくる。

「たっくん？　あっ！　えーっと、こちらはね――」

そんな俺の異変に気が付いたしーちゃんは、少し青ざめながら慌てて俺に白崎のことを紹介しようとしてくれる。

しかし、白崎はそんなしーちゃんのことを片手でそっと制すと、しーちゃんに向かって任せてとでも言うようにニッコリと笑いかけたのである。

そして白崎は、俺のことを真っすぐ見ながら口を開いた。

「そっか、君がたっくんだね」

たっくんと呼ばれたことに、俺は少し困惑する。

どうやら白崎は、俺のことを知っているようだった。

「そ、そうですけど」

俺は警戒をしながら、白崎の言葉に答える。

しかし白崎は、そんな警戒する俺に対しても何も変わらず余裕たっぷりな感じだった。

「初めまして、僕の名前は白崎剣。一応、俳優をやっていてね、紫音ちゃんとはアイドル時代からの知り合いなんだ」

そう言うと、白崎はしーちゃんに向かって「ね？」と微笑んだ。

するとしーちゃんは、何故かあわあわと慌てたような反応を見せる。

そんな様子に俺は、またしても心臓がドキドキと弾け出しそうな感覚に襲われる――。

普段ならば、誰であっても全く相手にしないあのしーちゃんが、まるで白崎の前ではドキドキしているように感じられてしまったのだ――。

そんな光景を見せられた俺は、しーちゃんを取られてしまったような嫌な感覚に陥ってしまう。

それと同時に、やっぱりしーちゃんと同じステージにいる彼の方が、俺なんかといるよりも自然なんじゃないかとも思えてきてしまう――。

俺は一体、何と張り合おうとしているんだと、途端にそんな自分がちっぽけで恥ずかしく思えて来てしまう――。


――でも、ダメだ。


ここで逃げ出すことは簡単でも、逃げたらそれで全てがおしまいなんだから。

どんな結果になろうと、俺が好きなのはしーちゃんただ一人なのだ。

だから俺は、もう逃げないって決めてここへやって来たんじゃないか――。

そう思い直した俺は、勇気を出して少し震える口を開いた。

「どうも。俺の名前は一条卓也。しーちゃんのクラスメイトです。それで白崎くんは、なんでここに？」

よし、言いたいことは言えた。

けれど、やっぱり声が震えてしまう。


――ああもう、格好悪いな俺……チクショウ……。

だが白崎は、何故かそんな俺に満足するように微笑む。
そして白崎は、一度頷くと俺に向かって「いいね」と呟いたのであった。
立っている俺に、何かに納得するように微笑む白崎。
そんな俺達二人を見ながら、困った様子のしーちゃん。

そして、その時である——。
背後から俺の肩が、ポンポンと叩かれる——。

「わたしがトイレに行ってる間に、何やっててんのよあんた達」

説明してくれるかしらと、割り込んでくる女性の声が一つ——。
振り返るとそこには、ＤＤＧのボーカルであるＹＵＩちゃんの姿があった——。

◇

フードコートの端にある、周りからは見え辛《づら》い場所にある四人掛けのテーブル席。
俺は今、そのテーブル席に腰をかけながら、ただただ困惑している。

何故なら、俺と一緒に座っている他の面子《めんつ》のせいに他ならない。

まず、俺の向かいの席に座っているのは、今日この遊園地へ一緒に遊びにやってきたしーちゃんだ。

そんなしーちゃんと言えば、言わずと知れたアイドルグループ『エンジェルガールズ』の元メンバーで、みんなの憧れの美少女だ。

そしてその隣に座るのは、白崎剣。

彼は今最も勢いがあるとされている若手俳優で、しーちゃん同様に今を時めく、超が付くほどの有名人である。

最後に、俺の隣の席に座っているのがＹＵＩちゃんだ。

ＹＵＩちゃんと言えば、大人気ガールズバンド『ＤＤＧ』でボーカルを務めており、この前の音楽チャートでは堂々の一位を獲得していたほどの超有名歌手だ。

そんな、普通なら俺みたいな一般人では交わることなんてないと言える超が付く程の有名人が三人、同じテーブルに座り顔を向き合わせているのであった。

そんなカオスすぎる状況で、最初に口を開いたのはＹＵＩちゃんだった。

「それで？　なんで剣が紫音と一緒にいるわけ？」

まずは理由を教えてと、二人に質問するＹＵＩちゃん。

その理由は俺としても気になるところだったため、一緒に返事を待つ。

しかし、こんな風に隣で二人を問い詰めるように話をするＹＵＩちゃんは、何だか俺の味方をしてくれているような気がして、さっきよりも気持ちは軽くなっていく。

「何って、本当にたまたまここで会っただけだよ？　ねぇ、紫音ちゃん？」

「え？　うん、まぁ……」

しかし、そんな若干の凄みを帯びたＹＵＩちゃん相手でも、相変わらず変わらない様子で平然と受け答えをする白崎。

そして、白崎に同意を求められたしーちゃんもまた、白崎の言葉に頷く。

しかししーちゃんは、なんだか心ここにあらずというか、何か別のことを考えているようで、どこか余裕がないように思えた。

「ふーん、それで？　たまたまここで会って、話していただけだと」

「そうだよ、知り合いに会ったら話をするぐらい普通でしょ？」

何も問題ないだろうと、余裕綽々《しゃくしゃく》で答える白崎。

するとＹＵＩちゃんは、まるでそう言われることを分かっていたかのように、そんな白崎の言葉を受けて不敵に微笑む。

「まぁ、それもそうね。それじゃあ剣、実はわたしもこちらのたっくんとは面識あるのよ。だから、ちょっと二人で話をしてきてもいいわよね？」

それじゃ行きましょと、俺の腕を取るＹＵＩちゃん。

そんなYUIちゃんの言葉と行動に、さっきまで余裕綽々だった白崎と、心ここにあらずな様子だったしーちゃんは慌てて反応する。

「いや、今日はせっかく休み合わせて一緒に来てるんだから、その必要はないんじゃないかな?」

少し焦った様子で、YUIちゃんを引き留めようとする白崎。

その反応にはもう、さっきまでの余裕は微塵《みじん》も感じられなかった。

「そ、そうだよ!? た、たっくんはわたしと来てるんだから!」

そしてしーちゃんも、俺を連れだそうとするYUIちゃんを慌てて引き留めようとする。

今日は自分が俺と遊びに来ているのだから、連れて行かないでと言っているようで、そんなしーちゃんの反応に嬉しくなってしまう自分がいた。

すると、慌てる二人の反応を見てYUIちゃんはクスリと笑った。

そして、しっかりと二人のことを見ながら一言だけ口にする。

「まぁ、そうよね。たまたまここで知り合いに会ったから話していた、それだけってのは分かっているわ。でもね、客観的に見て二人がわたし達にしていたことは、同じだったりするんじゃない?」

二人に対して、YUIちゃんははっきりとそう告げたのであった。

そんなYUIちゃんの言葉に、白崎はしてやられたなというような笑みを浮かべながら、自分の頬を指でポリポリとかいていた。

「た、たたたたっくん!?　あの、その!!」

それからしーちゃんは、慌てて俺に声をかけてくる。

その表情は完全に青ざめており、慌てて何か言おうとするが上手く言葉になっていない感じだった。

「ごめん。ゆいの言う通りだね。一条くん、すまなかったね」

そんなしーちゃんを見兼ねた白崎が、代表して誤解させたことを俺に謝罪してきた。

よくよく考えれば、知り合いに会ったから会話をしていただけであり、別にこれで謝罪されるようなことでもない。

それでもその言葉を受けて、安心している自分がいた。

ＹＵＩちゃんと二人でこの遊園地へ遊びに来ている白崎は、もしかしなくてもしーちゃんではなくＹＵＩちゃんに気があるのだろう。

「まぁ、どうせそんなことだろうと思ったし、剣は迷惑かけちゃったことをちゃんと反省しなさい。それから紫音、さっきのは冗談だよ。わたしが本当にたっくんを連れて行くことなんてないから、安心しなさい」

そうだねと微笑む白崎と、顔面蒼白なしーちゃん。

そんな二人を見ながら、ＹＵＩちゃんはヤレヤレとため息をついた。

するとしーちゃんは、もう変装することも忘れてサングラスを外すと、若干涙ぐみながら「本当……？」と聞き返す。

「本当よ。でも紫音？　貴女《あなた》も気を付けなさい。大事にしないといけないことは、自分でちゃんと見極められるようにね」

涙ぐむしーちゃんに優しく微笑みながら、ＹＵＩちゃんはそう言葉にした。

「……うん、そうだね。分かったよ。……その、たっくんごめんね？　せっかく一緒に来てるのに……」

「い、いや、しーちゃんが謝ることじゃないよ！」

酷《ひど》く落ち込んだ様子で、俺に謝罪してくるしーちゃん。

しかし、しーちゃんはただここで知り合いに会って会話をしていただけで、これは自信のない俺に責任があるのだ。

だから俺は、しーちゃんが謝るようなことではないと慌てて否定した。

白崎というイケメンに臆《おく》して、勝手に勘繰《かんぐ》って、そして勝手に傷ついてしまっていただけなのだから——。

「——でも一条くん、僕が言うのもなんだけどさ、最後はちゃんと勇気を出してたね」

すると白崎は、そう言って笑いかけてくる。

どうやら白崎は、さっき俺が勇気を出して踏み込んだことをちゃんと見てくれていたようだ。

それはまるで、人気俳優である自分を前にしてもよく頑張ったと言われているようで、その言葉が少し嬉しくなっている自分がいた。

「な、なんだ!?　フードコートに来てみれば、なんでYUIちゃんまでいるんだ!?　それに、えっ!?　もしかして白崎剣!?」

そこへ丁度、孝之と清水さんがフードコートへとやってきた。

俺達のこのカオスな状況を見て、孝之は驚きの声をあげる。

「どうも、初めまして白崎剣です。僕は今、こちらのゆいさんとお付き合いさせて頂いていてね」

しかしここでも白崎は、平然とした感じで自己紹介をする。

そして白崎は、自己紹介に合わせてとんでもないことまで口にした。

なんと白崎は、YUIちゃんと付き合っているのだと。

これには、元々YUIちゃんのファンである孝之は驚きを隠せない様子だった。

「いや、付き合ってないから。今日は剣がどうしてもって言うから、一緒に来てあげてるだけだから」

しかしYUIちゃんは、そんな白崎の言葉を真顔で否定する。

その様子から、こういうのはもう慣れたものなのだろう。

中々の塩対応だった。

「おや？　二人で遊園地に来るなんて、付き合ってると言っても過言じゃないと思うけどなぁ。ねぇ、紫音ちゃん？」

「へっ!?　わ、わたしは！」

しかし、ＹＵＩちゃんに否定されても全くめげない白崎は、あろうことかしーちゃんに話を振る。

急に話を振られたしーちゃんはというと、なんて返事をしたらいいのか分からないといった感じで、一人あたふたとしてしまう。

そんな戸惑うしーちゃんのためにも、俺は話題を戻す。

「えーっと。結局、二人の関係は？」

「そういえば、まだ言ってなかったわね。こんな変わったやつだけど、これでも一応、剣はわたしの幼馴染《おさななじみ》なんだ」

ＹＵＩちゃんから、衝撃の事実が語られる。

俺達にこんな嘘をつく必要もないだろうから、それはきっと真実なのだろう。

大人気バンドのボーカルと、若手人気俳優が実は幼馴染って、世の中狭すぎませんか？

というか、こんな美男美女で超有名人の二人が幼馴染だなんて、まるで創作上の話みたいで、それなんてラブコメって感じだ。

「まぁそういうわけで、僕は昔からゆい一筋だから、安心してね一条くん」

そう言ってサングラスを外した白崎は、俺にウインクを飛ばしてくる。

イケメンからのウインクに戸惑いつつも、その言葉に安心する自分がいた。


「それじゃ、わたし達はそろそろ行くわね」

そう言って、ＹＵＩちゃんは白崎を連れて去っていった。

これからＹＵＩちゃん達は、実家に帰ってお互いの両親を交えての食事会があるらしい。

幼馴染って凄いなと思いつつ、俺達は二人のことを見送った。

それから、ＹＵＩちゃんが去って行ったのを確認したしーちゃんは、すぐに席を立つとそのまますっと空いた隣の席へ移動してきた。

「隣に座るのは、わたしなんだから……」

そしてしーちゃんは、ほっとするようにそんな言葉を呟くのであった――。

何だか色々あったけれど、空いた向かいの二つの席に孝之と清水さんが並んで座る。

「いやぁ、それにしても、まさかＹＵＩちゃん達までいるなんてビックリだな」

「孝くんがビックリしたのは、ＹＵＩちゃんに彼氏がいると思ったからじゃなくって？」

「え!?　いや、ち、ちげーよ!?」

清水さんに痛いところを突かれた孝之は、俺から見ても変なリアクションをしていた。

これはひょっとして図星だったかなと思っていると、清水さんも孝之のことを疑うように目を細めながらじーっと見つめる。

その視線に困った孝之は、ハハハと乾いた笑いで誤魔化していた。

そんな孝之がちょっと可哀そうだったから、せっかく遊園地に来ていることだし話題を変えてあげることにした。

「それで孝之、乗り物はどうだったんだ？」

「ん？　お、おう！　そりゃもう、楽しかったぜ！　なぁ、桜子さん？」

俺の出した助け舟に、孝之はすぐに飛びついてきた。

「うん！　どれも最っ高だった！」

するると清水さんも、どうやら本気で孝之を問い詰めたかったわけではないようで、目をキラキラとさせながら孝之と二人で楽しかったトークに花を咲かせる。

――ズズズッ。


そんな楽しそうに話をする二人を眺めていると、隣の席から何やら引きずるような物音が聞こえてきた。

何だろうと思って隣を向くが、そこには一緒に二人の会話に笑っているしーちゃんの姿があった。

　まぁ、ただ椅子を引いただけかと思いながら、俺はそろそろお昼時だったことを思い出し、ご飯をどうするか話を振る。

「良い時間だけど、お昼はどうする？」

「ああ、そうだな。前のプールの時みたいに二手に分かれるか……いや、だったら前は卓也達が買ってきてくれたから、今回は俺と桜子で買ってくるよ。いいよな？」

「うん、行こっか！」

　話を振ると、孝之と清水さんは二人で仲良くハンバーガーを買いに行くと申し出てくれた。

　こうしてなんだか色々あったけれど、フードコートへ来てやっと俺はしーちゃんと二人っきりになれたのであった。

　しかし、もう済んだ話ではあるが、それでもさっきのやり取りがあったことでちょっとだけ気まずさが残ってしまっていた。

「あ、あの、たっくん」

　しばしの沈黙の中、ちょっと気まずそうにしーちゃんの方から話しかけてきた。

「な、なに？」

「あ、あのね、今日はたっくんと遊びに来てるから、だからその……こ、これからは離れないように、ずっと隣にいても……いいかな？」

そう言ってしーちゃんは、もじもじと恥ずかしそうに頬を赤らめながら、俺の顔を上目遣いでそーっと見つめてくる。

そんなしーちゃんの仕草に、俺の鼓動はバクバクと速まり出す。

「うん、えっと……隣に……いて下さい……」

だから俺は、急激に顔が熱くなるのを感じながら、そう返事をするのがやっとだった。

するとしーちゃんは、少し俯きながらも嬉しそうに「はい」と返事をしてくれた。

そして——、

——ズズズッ。

またしても、隣から椅子が引きずられる音が聞こえてくる。

その音の正体は、しーちゃんが椅子をこちらへ近付けてくる音だった——。

◇

それから俺達は、孝之達が買ってきてくれたハンバーガーを一緒に美味しく頂いた。

すっかり元のご機嫌な様子に戻ったしーちゃんは、やっぱりハンバーガーが好きなようで、それはもう美味しそうにちょっとずつ食べていた。

もう何て言うか、そんな風に美味しそうにご飯を食べているしーちゃんを見られるだけで、こっちまで自然と笑顔になってしまう。

それは決して俺だけではなく、孝之も清水さんも同じだった。

気付けば嬉しそうに食事をするしーちゃんのことを、俺達三人が優しく見守る会になっていた。


「それじゃ、次はどこ行く？」

ハンバーガーを食べ終えたところで、孝之が次の目的地を聞いてくる。

どこがいいかなと行きたい場所を考えていると、隣でしーちゃんがバッと元気よく手を挙げる。

「はい、三枝さん」

「はいっ！　お化け屋敷がいいと思いますっ！」

孝之先生に当てられた三枝生徒は、元気よくお化け屋敷に行きたいと意見を出す。

お化け屋敷か――。

しーちゃん、お化けとかは苦手じゃないのかなと思いつつ、それだけ行きたがるならと俺は賛成する。

その結果、次の目的地はしーちゃんの提案したお化け屋敷が採用されることとなった。

しかし、清水さんは口では良いと言いつつも、その表情は若干引きつっていた。

それに気が付いた孝之は、ちょっと悪戯っぽい表情を浮かべながら、そんな顔を引きつらせる清水さんに敢えて何も言わないのであった。

それで良いのか孝之よ……と思いつつ、こうして俺達はお化け屋敷へと向かうことになった。

◇

お化け屋敷の前までやってきた。

その外観は古い洋館のようで、中々本格的な雰囲気が出ていた。

道中、清水さんは目に入る他のアトラクション全てに対して興味を示すのだが、その全てを否定するわけでもなく「分かった、あとでな」と楽しそうに却下する孝之に、俺は中々無慈悲なことをするなと思ってちょっと笑ってしまった。

でも、そんな風にお互いに気を使わない関係になっている二人のことが、やっぱりちょっとだけ羨ましく感じられた。

「じゃ、お先にっ！」

列に並んで暫く経つと、いよいよ俺達の番が回ってきた。

すると孝之は相談もなく、自分の腕にしがみついて震えている清水さんを連れて、さっさと二人でお化け屋敷の中へと入って行ってしまった。

その結果、四人で仲良く一緒に入る選択肢もあったのだが、俺としーちゃんの二人だけが外に残される形となった。

「じゃあ、俺達も行こうか」

「う、うん」

だからここは、男の俺がリードしないとなと思いつつ、勇気を出してしーちゃんの手を取った。

すると、いきなり手を取ったのが不味かったのか、しーちゃんは驚いたように一回ビクッと反応した。

慌てて俺は手を離そうとするのだが、しーちゃんはそんな俺の手をぎゅっと握り返してくる。

「だ、大丈夫」

「そ、そっか。じゃあ、入るよ」

どうやら問題はなかったようで安心した俺は、しーちゃんの手を引いて一緒にお化け屋敷の中へと入った。

お化け屋敷の中は結構暗くて、それから冷房も強めに効いているようで寒さも感じた。

とりあえず、お化け屋敷の中ならば周りの目の心配もないため、しーちゃんはサングラスを外してその素顔を見せてくれた。

――ヤバい……やっぱり可愛いなぁ……。

吊り橋効果というやつだろうか。

いつも見ているはずなのに、僅かな光の中から見えるしーちゃんの素顔が、今は特に可愛く思えてしまう。

「……たっくん」

「ん？　ど、どうかした？」

思わずしーちゃんに見惚れてしまっていると、しーちゃんから声をかけてくる。

その声はどこか不安そうで、繋いだ手の力がさっきよりも強くなっていた。

「――あの、ね？　手、握ったままでいいかな？」

何かと思えば、そんな可愛らしいお願いに俺は思わず笑ってしまう。

もちろん、そんなお願いを断る理由のない俺はいいよと頷く。

するとしーちゃんは、安心したのかほっと一息つく。

「良かった。実はね、ちょっと怖いんだ」

そして、困り顔を浮かべながらまさかのカミングアウトをしてくるのであった。

まさか行きたがっていた本人が怖がるなんてと思いつつも、怖いからこそ面白いという考え方もあるかと思った俺は、そんなしーちゃんを安心させるように微笑みながら、しっかりと手を繋ぎ合ったまま奥へと進んだ。

少し進むと、一本道の先に露骨に怪しい井戸が一つ置かれていた。

これは完全に、中から何かが出てくるパターンのやつだ――。

そしてこういうのは、そういう予測が出来るからこそ緊張感が高まってくるのだ。

すると、しーちゃんもそれにはもう感づいているようで、ちょっと青ざめたような顔をしながら手をぎゅっと握ってきていた。

――ちょっとじゃなくて、結構怖いんじゃないか？

と思ったけれど、そんな怖がるしーちゃんもやっぱり可愛くて、俺はお化け屋敷に来ているというのに緊張感なく顔が緩んできてしまう。

――よし、ここは俺が頑張らないとだな。

そう気を引き締め直していよいよその井戸の前までやってくると、案の定中から女性のお化けがガバッと飛び出してきた。

しかし、それはどう見ても作り物で、オマケに作りがかなりチープな感じだった。

これじゃ、残念ながら驚かないなと少しガッカリしていると——、

「きゃあ!!」

しっかりと驚くしーちゃん。

この世の終わりのように叫びながら、俺の腕へとぎゅっとしがみついてくる。

そして、俺は俺でそんなしーちゃんの反応の方に驚いてしまいパニクってしまう。


——揺れる髪から漂うシャンプーの甘い香り。

——そして何より、腕に当たるその柔らかい感触。


そんな状況に、一気に心拍数が上がってきてしまう。

お化けなんかより、しがみつくしーちゃんの方がよっぽど心臓に悪かった。

それからも、目の前にお化けが飛び出してくる度、俺の腕にしがみつきながらプルプルと震えるしーちゃん。

その都度触れる感触にドギマギしながら、俺はここに長居するのは色々と限度があると判断して先を急いだ。

「ご、ごめんねたっくん！　でも、このままでいさせてぇ!!」

「だ、大丈夫だからぁ!!」

走りながら、叫び合う二人。

もうここの何よりも、今のしーちゃんの破壊力の方がよっぽど恐ろしかった。

そんなに怖いのに、どうしてここへ来たのかと正直言いたいところだけど、とりあえず怖がるしーちゃんのためにも、俺は早くここから脱出するべく、ひたすら先を急いだのであった。


なんとかお化け屋敷の出口へと辿り着いた。

二人共、それぞれ理由は違うけれど命からがらといった感じで、ぐったりと地べたに座り込む。

「ど、どうしたよ？」

そんな俺達二人に気付いた孝之が、ちょっと引きながら声をかけてくる。

しかし、今の俺にはもうそれに答える余力など残ってはいなかった。

「……ふへへへへ」

そして隣では、同じくヘトヘトになりながらも、なんだかやりきったように、満足そうな謎の笑みを浮かべるしーちゃんの姿があった――。

◇

「それじゃあ、最後にあれ乗っておきますか」

お化け屋敷を離れた俺達は、それからしーちゃんでも平気そうなアトラクションを四人で仲良く楽しんだ。

そして、日も落ちだしてそろそろ終わりかなという時間帯になってきたところで、孝之は『あれ』に向かって歩き出した。

道中、「『あれ』って何だよ？」と聞いても、「まぁまぁ」とはぐらかす孝之。

清水さんも行き先を知っているのか、何も言わずに孝之の隣を歩く。

そしてしーちゃんはと言うと、何だかここへ来た時よりもピッタリと俺の隣に並んで楽しそうに歩いていた。

そんな孝之に最後に連れてこられたのは、観覧車だった。

俺はでっかい観覧車を見上げながら、なるほどなと思った。

隣に視線を向けると、孝之、そして清水さんの二人は、何も言わず視線で語っていた。

——まったく……、何から何までお節介なカップルだな。

でもたしかに、やっぱりここしかないよなと思った俺は、そんな二人に向かって笑って応える。


——サンキューな。まぁ、やれる限りやってみるさ。


ちなみにしーちゃんはというと、子供のように「うわぁ！」と声を漏らしながら、楽しそうに観覧車を見上げていた。

「これ乗るの？　わたし、何時《いつ》ぶりだろう？　こうして近くで見ると、すっごく高いんだね！」

嬉しそうに観覧車を見上げながら、無邪気にはしゃぐしーちゃん。

「んじゃまぁ、ここはそれぞれ分かれて乗るとしましょうか。行こう、桜子」

そう言うと、孝之は俺の背中をポンと一回叩いて微笑む。

「うん、行こっか」

そして清水さんも、しーちゃんの背中をポンと叩いて微笑むと、それから手を振って孝之と一緒に観覧車へと向かう。

「たっくん！　わたし達も早く乗ろう！」

「うん、そうだね」

そして俺も、はしゃぐしーちゃんに手を引かれながら二人で観覧車へと向かった。

◇

俺はしーちゃんと向かい合う形で、観覧車の席に座る。

窓の外は綺麗な夕焼け色に染まっており、徐々に観覧車が上がって行くにつれて、周囲の景色が視界に広がっていく。

しーちゃんはサングラスを外すと、差し込む夕陽にその瞳をキラキラと輝かせながら、身を乗り出すように外の景色を眺めていた。

「すごい！　綺麗だねたっくん！」

「うん、そうだね」

窓の向こうの景色以上に、嬉しそうに微笑むその横顔が本当に綺麗だなと思った――。

暫くしてしーちゃんは、満足したのか改めて俺と向き合って座り直すと、恥ずかしそうにその頬を赤らめる。

「あ、あの、ちょっとはしゃいでしまいました……」

「大丈夫だよ」

恥ずかしそうに、微笑むしーちゃん。

そんなしーちゃんが可笑しくて、可愛くて、俺も一緒に笑みが零れてしまう。

今日は本当に楽しかった。

色んなしーちゃんも見られた。

時に、ちょっとすれ違ってしまったこともあったけれど、結果としてはそれも今を迎える上で、全てが必要なことだったと思う。

孝之や清水さん、それとＹＵＩちゃんに白崎のことも含め、背中を押してくれたみんなに感謝する。

――みんな、こんなダメダメな俺のためにありがとう。

――こんな俺だけど、これからちゃんと自分と……そして、しーちゃんと向き合おうと思うよ。

気持ちを落ち着けるべく俺は、一度深呼吸をする。

――よし、大丈夫だ。

そして俺は、覚悟を決める。

しーちゃんの顔を真っすぐ見つめながら、ゆっくりと口を開く――。

「……今日は楽しかったね」

「……うん、そうだね。……ずっとたっくんが傍にいてくれたから、楽しかったよ」

俺と一緒だったから楽しかったと、ふわりと優しく微笑むしーちゃん。

その姿は、背景の夕焼けと合わさり本当に綺麗だった――。

「……俺もだよ。俺も、しーちゃんが傍にいてくれたから楽しかった」

「えっ？　……う、うん、なら嬉しい、かな……」

しーちゃんの頬が、夕焼けと同じように赤く染まっていくのが分かる。

そんなしーちゃんを見つめながら、俺はついに自分の気持ちを言葉にすることにした。

「……今日はしーちゃんに、どうしても伝えたいことがあるんだ」

「え……」

普段と違う俺の言葉に、驚くしーちゃん。

そして俺は、一呼吸置いてからゆっくりと言葉を続ける――。

「俺はしーちゃん……いや、三枝紫音さんのことが、大好きです。こんな取り柄のない俺ですが、貴女を好きな気持ちだけは絶対に誰にも負けません。だから、その……良かったら俺と、付き合って下さい」

——ついに言ってしまった。

全然上手い言い方ではなかったけれど、ついに自分の気持ちをしーちゃんへ伝えたのであった——。

◇

今日を迎えるまで、まさか自分が女の子に向かって告白をするなんて、正直想像も出来なかった。

でも俺は、あの頃と何も変わっていないしーちゃんに、こうしてまた恋をしたんだ。

美人で、可愛くて、オマケに国民的アイドルの超が付くほどの有名人で、とてもじゃないけれど自分と釣り合うなんて思えない高嶺《たかね》の花。

それが、世間の見る三枝紫音という特別な存在だ。

だけど実際は、彼女の魅力はその容姿や肩書だけじゃない。

誰とでも分け隔てなく接してくれて、よく笑って、それから時々挙動不審になるけれど、そんなところも不器用で全部可愛くて——。

そんなしーちゃんだからこそ、俺はまた恋をしたんだ――。

いざ告白をしてみると、不思議と緊張はなかった。

今までの関係が壊れてしまうのではないかとか、大好きなしーちゃんとの距離が遠く離れてしまうのではないかとか、そんな不安は常に俺の頭の中を駆け巡っている。今だってそうだ。

でもそれ以上に、俺はしーちゃんのことをもっと知りたいし、叶うならこれからもずっと隣にいたいって願ってしまうんだ。

そんな特別で大切で愛おしい想いを抱きながら、俺はしーちゃんの返事を待った。

まるで時が止まったかのように、しーちゃんは少し驚いた表情をしながら固まっていた。

そして大きく見開かれたその瞳から、一粒の涙が零れ落ちる――。

そのまましーちゃんは、その流れ落ちる涙を拭うこともせず、真っすぐに俺のことを見つめてくる。

そして――、

「……夢みたい」

と、ぽつりと一言だけ呟いた。

「……夢じゃない、よね？」

「……うん、多分ね」

「……なにそれ」

俺の中途半端な答えに、しーちゃんは泣きながら笑った。

「これが夢でも現実でも、どっちでもいいさ。だって今、しーちゃんの目の前にいる俺が、しーちゃんのことが大好きなことに変わりはないから――」

「そっか……うん、そうだね」

俺の言葉に、微笑みながら頷くしーちゃん。

そしてハンカチで自分の涙を拭うと、覚悟を決めた様子で真っすぐ俺の顔を見つめてくる。

膝の上に置かれたその両手は若干震えているが、堪えるようにぎゅっと握られていた。

その様子に、俺も改めて覚悟を決める。

これからしーちゃんが口にする言葉を、それがどんな言葉であってもちゃんと受け入れるという覚悟を――。

しーちゃんの目を真っすぐに見つめ返しながら、不安と、緊張と、それから淡い期待を胸に抱きつつ、次の言葉を待った――。

「……わたしも、たっくんのことがずっとずっと大好きでした。……こんなわたしで良ければ、これからもどうぞよろしくお願いします」

その返事と共に、しーちゃんは嬉しそうにふわりと微笑んだ。

「そ、それって……」

「……うん、わたしはたっくんの彼女で、たっくんは、わたしの彼氏……だよ」

俺の疑問に、耳まで真っ赤にしながらしーちゃんは嬉しそうに答えてくれた。

その言葉のおかげで、ようやく俺にも実感が湧いてくる。

――そっか……しーちゃんが、俺の彼女……。

――ダメだ、やっぱり夢みたいだ。

でもこれは、夢なんかじゃなくて――。

「あっ！　ねぇたっくん、ちょうど天辺《てっぺん》に来たみたいだよ！」

窓の外を眺めながら、しーちゃんは話題を変えるように楽しそうに話しかけてくる。

だから俺も、一緒に窓の外を眺めてみる。

窓の外は辺り一帯が夕焼け色に染まっていて、たしかにとても綺麗な景色が広がっていた。

すると、向かいに座っていたしーちゃんが急に立ち上がる。

そして、こちらの席に移動すると、そのままピタリとくっつくように隣に座ってきた。

「ちょ！　しーちゃん！　揺れるからっ！」

「アハハハ、平気だよ！　それよりたっくん！　記念撮影しよ！」

揺れる観覧車に焦る俺を笑いながら、しーちゃんは鞄から自分のスマホを取り出した。

そして、俺の顔の隣にその小さくて可愛らしい顔をぐいっと近づけると、

「……付き合った記念だよ」

そう言って、腕を伸ばして掲げたスマホのシャッターボタンを押した。

そのスマホの画面には、ちょっと困った顔をしながら微妙な笑みを浮かべる俺と、隣で嬉しそうに微笑むしーちゃんの顔がしっかりと写っていた。

そんな、ちょっと間抜けな記念写真が何だか嬉しくて、可笑しくて、俺達はお互い吹き出すように笑い合った。

そして――、

「……大好きだよ、たっくん」

「……俺も、しーちゃんのことが大好きだ」

しっかりと見つめ合いながら、俺達はもう一度確かめ合うようにそう言葉を交わしたの

であった――。

◇

告白を終えた俺は、隣にピタリとくっついて座るしーちゃんと無事に付き合えることとなった。

時間が経つに連れて徐々に実感が湧いてくるのと同時に、現実味が薄れていくという不思議な感覚に陥っていく。

「たっくん?」

そんな俺の様子に気付いたしーちゃんは、きょとんとした顔で首を傾げる。

「いや、ごめん。何て言うか、ちょっと現実味がないっていうか、とにかく嬉しいなって思ってさ」

「フフ、そっか。じゃあ同じだね」

正直に思っていることを伝えると、同じだねと微笑むしーちゃん。

同じだね、か――。

しーちゃんも同じ気持ちでいてくれていることが、俺はやっぱり嬉しかった。

こうして無事に付き合うことになった俺達は、手を繋ぎながら一緒に観覧車から降りた。

そのまま出口を抜けると、先に出ていた孝之と清水さんが俺達のことを待ってくれていた。

そして手と手を繋ぎ合う俺としーちゃんのことを交互に見ると、二人とも本当に嬉しそうに微笑んでくれた。

「おめでとう、でいいんだよな？」

「ああ、俺達は付き合うことになったよ」

「そうか、良かったな卓也!!」

そう言って、ガシッと俺の肩に手を回す孝之。

俺の言葉に、孝之は自分のことのように喜んで祝福してくれた。

それは少し恥ずかしかったけど、それ以上にこれまで色々と本当にありがとうという気持ちでいっぱいになる。

清水さんもしーちゃんの元へと駆け寄ると、二人で両手を握り合いながら嬉しそうにブンブンと振っていた。

そんな清水さんに、しーちゃんも嬉しそうに笑って応えていた。

「まぁこれで、正真正銘のグループデートになったわけだ！　やべぇ、俺ちょっと泣きそうだわ」

「なんでお前が泣くんだよ」

嬉し泣きする孝之を見て、俺も目頭が熱くなるのを感じた。

俺のことを、そんな風に喜んでくれる親友の姿に、何も思わない方が嘘ってもんだ——。

今日という場を用意してくれたこともそうだし、本当に孝之には感謝してもしきれないぐらい感謝しているのだ。

「……わりぃ。まぁこれで、晴れて卓也も彼女持ちになったどころか、その相手があの三枝さんだなんて、きっと中学のみんなが聞いたら驚いて泡吹くだろうな！」

「それは……うん、自分でもそう思うわ」

俺の返事に、吹き出して笑う孝之。

たしかに、俺の彼女があの三枝紫音だと聞いたら、全ての知り合いが驚くのは間違いないだろう。

というか、泡を吹く前にまず信じないだろうな。

「でも孝之、それから清水さんも一ついいかな。俺としーちゃんが付き合うことは、暫く周りには秘密にしておいて欲しいんだ。色んな目があると思うから、暫く様子を見るべきだと思うんだ。——って、勝手に決めちゃってるけど、良かったかな？」

俺達が付き合うことになったのは、まだ他の人には秘密にすべきだと考えた。

これは別に、自分が目立ちたくないとか、保身のために言っているわけでは断じてない。

そんな覚悟がなかったら、そもそも初めから告白自体していないから。

じゃあ何故かと言うと、それはやはり有名人であるしーちゃんに、何かあるといけないと思ったからだ。

何があるかなんて分からないけれど、所謂スキャンダルのような扱いになってしまったら、きっとしーちゃんが大変なことになるだろうから。

だから一先ずはこの関係は伏せておいて、暫く様子を見ておいた方が良いだろうと考えたのだ。

「うん、そうだね」

俺の言葉に、しーちゃんはしっかりと頷きながら返事をしてくれた。

そして――、

「……それに、そっちの方が秘密の恋愛をしてるみたいで、ちょっと楽しいかも……」

そう言って頬を赤らめながら微笑むしーちゃんは、やっぱり最強に可愛かった。

「よし、分かった。じゃあこのことは、俺達だけの秘密に留《とど》めておくとしよう」

そう言って孝之は頷き、それに合わせるように清水さんもニッコリと頷いてくれた。

そんなわけで、なにはともあれ孝之の言う通り正真正銘のグループデートになった今日の遊園地を、最後まで楽しむことが出来たのであった。

◇

遊園地からの帰り道、俺はしーちゃんと手を繋ぎながら電車に揺られた。

繋いだ手、そして触れ合う肩から伝わってくるしーちゃんの体温は温かくて、会話はなくてもずっとこうしていられるだけで心地よかった。

「じゃ、俺は桜子送って行くわ！　またな！」

「おう、またな！」

そして、地元の駅に着いたところで、孝之は清水さんを送って行くということでそのまま駅で別れた。

「……じゃあ、わたしもここで」

「うん、今日は本当にありがとう。……えっと、それからこれからもよろしくお願いします」

「うん、こちらこそよろしくお願いします」

何故か敬語になってしまった俺に、しーちゃんは可笑しそうに微笑みながら同じく敬語で返事をしてくれた。

そして、バイバイと小さく手を振りながらしーちゃんは帰って行った。

そんなしーちゃんの背中が見えなくなるまで俺は見送った。


すっかり日が落ちた帰り道を一人歩きながら、俺は今日までのことを思い出した。

最初は、コンビニに現れる度にとにかく挙動不審だったしーちゃん。

だけど、席が隣になると徐々に仲良くなって、それからＬｉｍｅの連絡先を交換したり、サインＴシャツをくれたり、ＤＤＧのライブでは一緒になったりもした。

遠足では同じ班になったし、そのあとカラオケに行って遊んだりしているうちに、気が付くと俺達四人はいつも一緒にいるような仲になって、孝之と清水さんは付き合うことになった。

それから、しーちゃんが小さい頃に一緒に遊んでいたあのしーちゃんだと知った時は、本当に驚いたな。

しーちゃんと知り合ってから、思えば本当にこれまで色々あったよなと、そのどれもが楽しい想い出すぎて思わず笑みが零れてしまう。


――ピコン。

そんな、これまでの出来事を一つ一つ思い出しながら歩いていると、スマホからＬｉｍｅの通知音が聞こえてくる。

ポケットからスマホを取り出して確認すると、それは先ほどバイバイしたしーちゃんからのＬｉｍｅだった。


『たっくん！　今日は一日、本当にありがとう。大好きだよ』


その一文を見て、俺は嬉しくて自然とまた笑ってしまう。

今日一日の出来事が、夢なんかじゃなかったことを証明してくれるその一文は、ずっと見ていたくなるほど嬉しかった。

だから俺も、すぐに返事を返そうとするのだが、続けてしーちゃんから画像が送られてきた。

なんだろうと思いその画像を開くと、それは観覧車で撮った、あの付き合った記念のツーショット写真だった。

改めて見ると、やっぱり俺の表情がちょっと間抜けな感じで、見ているだけで笑えて来てしまう。

正直撮り直したいぐらいだけれど、隣で顔をくっつけながら嬉しそうに微笑むしーちゃんを見ていたら、まぁいっかと思った。
だから俺はその特別な画像を三回保存すると、すぐに返事を送信する。
『こちらこそありがとう。俺も大好きだよ』

エピローグ

遊園地から帰宅した俺は、すぐにシャワーを浴びて食事を済ませると、部屋のベッドに大の字に寝転んだ。

スマホを確認するが、あれからしーちゃんからの返信はなかった。

いきなり踏み込み過ぎたかなとちょっと不安になったが、それでも俺達はもう付き合っているんだし、お風呂とかなんか理由があるんだろうとあまり深く気にしないことにした。

それからとりあえず漫画を読みながら、俺は眠気が来るまで部屋でゴロゴロと過ごしていると、

――ピコン。


枕元に置いているスマホから、Ｌｉｍｅの通知音が鳴った。

やっぱり内心気になって仕方なかった俺は、もしかしてしーちゃんからの返信かと思い、慌ててそのＬｉｍｅを確認する。

するとそれは、本当にしーちゃんからのＬｉｍｅだった。

俺は安心と喜びとドキドキの感情に一気に襲われながら、送られてきたそのＬｉｍｅを開いた。


『返事が遅れてごめんなさい、嬉しすぎて死んでました』


それは、あまりにも気の抜けた一文過ぎて、拍子抜けした俺は思わず吹き出してしまう。

死んでましたって何だよと笑っていると、すぐにしーちゃんからの着信が鳴った。

「も、もしもし？」

「あ、たっくん？　ご、ごめんね電話しちゃって」

「いや、いいよ。どうした？」

「ううん、別に何もないんだけど……ちょっと、たっくんの声が聞きたいなぁと思って……」

まだ別れて二時間も経っていないのに、声が聞きたいからと電話してきたしーちゃん。

そんなしーちゃんが可愛すぎて、俺の中で一気に込み上げてくるものがあった。

「そっか、うん。俺もしーちゃんの声が丁度聞きたかったところだから、良かった……」

「ほ、本当？」

「うん、本当だよ」

「なら、嬉しいなぁ……えへへ」

電話越しに耳元へ聞こえてくるしーちゃんの声に、俺のドキドキはどんどん加速していく。

「あ、そうだ！　わたしね、さっき送った画像待ち受けにしたよ！」

「え、マジで？」

さっきというのはもちろん、付き合った記念のあのツーショット写真のことだろう。

「……たっくんは、してくれないのかな？」

そんなしーちゃんのちょっと悪戯っぽい問いかけに、俺は笑って答える。

「分かった。俺も待ち受けにするよ」

「えへへ、良かった！　これでお揃いだね！　ねぇ、たっくん。これからもこうして、寝る前とかに電話してもいいかな？」

「もちろん良いよ。っていうか、俺からもかけてもいいかな、なんて……？」

「え？　う、うん！　もちろん！　えへへへ」

しーちゃんの嬉しそうな返事に、俺はほっとしながら微笑む。

こうして俺達は、付き合った初日ということもあり、お互いが眠くなるまでずっと電話で話し続けた。

「それじゃ、おやすみ」

「うん、またね」

そして、しーちゃんの欠伸《あくび》が合図となり、名残惜しい気持ちを抱きつつ俺はそっと電話を切った。

こんな長電話をするのは人生で初めてだったけれど、それはとても幸せな時間だった。

俺はベッドで横になりながら、待ち受け画像に設定したツーショット写真を改めて眺める。

隣で幸せそうに微笑むしーちゃんのことを、俺はこれから必ず幸せにしようと決心しながら、この日はそのまま幸せな気持ちと共に眠りについたのであった。

あとがき

どうも、こりんさんです。

二巻をご購入いただきまして、ありがとうございます。

一巻では、卓也くんの決意までを書かせていただきました。この二巻では三枝さんが引っ越してきた理由、それからプールや遊園地デートを経て、最後には告白とかなり進展する内容でしたが、楽しんでいただけましたでしょうか?

一巻時点では、まだ色々と明かされていないことでモヤモヤされた方もいたかと思いますが、この二巻を読んでスッキリされている事を願っております……!

あとはそうですね、二巻を作成するにあたっての裏話でも書きたいと思います。

この二巻は、Ｗｅｂで連載しているものの二章にあたるのですが、書籍化に際して一度全てを見直しさせていただきました。

細かい点の修正、そしてＷｅｂでは色んなご意見をいただいた白崎くんのところなんかは、結構思い切って変えさせていただきました。（きれいな白崎化）

というのも、やはりこの書籍化というのは、しっかりと結果を残し続けられる作品が続刊していくものだと思います。

だからこそ、まずはこの二巻を少しでも良い形で皆様のもとへお届けできればという思いで、ブラッシュアップさせていただきました。

しかし、まずは存在を広く知っていただけなければ読んでも貰えません。

ですから、これは私からのお願いになりますが、よければ今回も是非Ｔｗｉｔｔｅｒで「#クラきょど」で感想など呟いていただけると、とっても嬉しいです！

皆様の感想のおかげで、クラきょどを知っていただけた方も少なくないと思います。

そうして一人でも多くの方に知っていただければ、きっと三巻以降の続刊にも繋がっていくものと信じております！

皆様一人一人からいただける感想が、でっかいパワーになるのですっ！

ちなみにこの先のお話なのですが、付き合ったあとの展開もまた糖度マシマシになっておりますので、きっと楽しんで貰えると思います。

そして今回も、ｋｒ木先生には素晴らしい三枝さんのイラストを描いていただけましたが、これからもｋｒ木先生の描く色んなしーちゃんを愛でていきたい！

そんな思いでいっぱいなので、引き続きクラきょどをよろしくお願いします！

あっ、あと良ければファンレターもお待ちしておりますね！

ファンレター、作品のご感想をお待ちしています!

【宛先】
〒104-0041
東京都中央区新富1-3-7　ヨドコウビル
株式会社マイクロマガジン社
GCN文庫編集部

こりんさん先生 係
kr木先生 係

【アンケートのお願い】

右の二次元バーコードまたは
URL (https://micromagazine.co.jp/me/) を
ご利用の上、本書に関するアンケートにご協力ください。
■スマートフォンにも対応しています (一部対応していない機種もあります)。
■サイトへのアクセス、登録・メール送信の際の通信費はご負担ください。

本書はWEBに掲載されていた物語を、加筆修正のうえ文庫化したものです。

GCN文庫

クラスメイトの元《もと》アイドルが、とにかく挙動不審《きょどうふしん》なんです。②

2022年6月26日　初版発行

著者　こりんさん
イラスト　kr木《くろき》
発行人　子安喜美子
装丁　伸童舎株式会社
DTP／校閲　株式会社鷗来堂
印刷所　株式会社エデュプレス
発行　株式会社マイクロマガジン社
〒104-0041　東京都中央区新富1-3-7　ヨドコウビル
［販売部］TEL 03-3206-1641／FAX 03-3551-1208
［編集部］TEL 03-3551-9563／FAX 03-3297-0180
https://micromagazine.co.jp/

ISBN978-4-86716-307-8 C0193